पूर्वा

उपन्यास

विनीत कुमार

अंजुमन प्रकाशन

अंजुमन प्रकाशन

942, मुट्ठीगंज, प्रयागराज - 211003

उत्तर प्रदेश, भारत

website : anjumanpublication.com

E-mail : anjumanprakashan@gmail.com

प्रथम संस्करण अंजुमन प्रकाशन द्वारा 2021 में प्रकाशित

टेक्सट अधिकार © विनीत कुमार 2021

सर्वाधिकार सुरक्षित © अंजुमन प्रकाशन

आवरण चित्र : सी.टी. आदित्य नारायण सिन्हा

टाइप सेटिंग : अंजुमन प्रकाशन

ISBN : 978-93-88556-70-5

पाठकों को समर्पित

कनूवा, रघु, पूरन और हासिब ये चारों किशनपुर गाँव के लँगोटिया यार थे। गाँव में आपसी प्रेम का उदाहरण देखने को मिलता था तो सिर्फ इन चारों में और घमासान भी इन्हीं चारों के बीच ही हुआ करती। ये हीं चारों एक-दूसरे का सिर फोड़ते और फिर ये ही चारों फूटे सिर पर मरहम पट्टी करते। बड़ा अजीब-सा अपनापन था इनमें।

गाँव में साथ-साथ हाईस्कूल पास करने के बाद चारों ने आगे कॉलेज की पढ़ाई के लिए पास ही के शहर जमशेदपुर में पढ़ने की सोची। कहने को तो चारों राजी हो गये पर कुछ की माली हालत ऐसी न थी कि वे शहर जाकर पढ़ाई कर सकें। उनके अभिभावकों ने शहर की पढ़ाई के खर्च का बोझ उठाने में अपनी असमर्थता जतायी। कनूवा एक गरीब मजूदर का लड़का था। रघु के कुछ जमीन-जगह थी पर घर में कमाने वाला कोई न था। वह बेचारा अनाथ तो स्वयं भी एक बूढ़ी जान अपने दादा की दवा-दारू करते हुए अपनी पढ़ाई कर ले रहा था यही कम बड़ी बात न थी। पूरन एक बनियाँ का लड़का था और हासिब के पिता सरकारी शिक्षक थे। पूरन और हासिब को शहर जाकर पढ़ने में कोई बाधा न थी, उनका परिवार महँगी पढ़ाई का खर्च भी पूरा करने में

सक्षम था।

समस्या आयी कि कनुवा और रघु की पढ़ाई का खर्च कहाँ से आता। पर ये चारों यार जुदा होने को तैयार ही न थे। चारों ने मिल -बैठकर निर्णय लिया कि दो के खर्च पर ही चारों का गुजारा होगा चाहे इसके लिए दाल-रोटी की जगह सूखी रोटियाँ हीं क्यों न खाना पड़े।

चारों का दाखिला जमशेदपुर के कोल्हान कॉलेज में हो गया। पहले चार-छह दिन तो पूरन और हासिब एक किराये का मकान लेकर रहने लगे। प्रारम्भिक समय में दोनों परिवार वालों का लगातार आना-जाना होता रहा। जब सब कुछ व्यवस्थित हो गया... दूधवाला, सब्जीवाला, ट्यूशन मास्टर भी नियमित हो गये, तब उसके अभिभावन निश्चिंत होकर चले गये। परिवारवालों का आना-जाना कम होते ही दोनों ने अपने लँगोटियों को पत्र लिखकर बुला भेजा। शहर जाकर कनूवा कन्हाई दास हो गया, रघु रघुवीर सिंह... पूरन पूरनचंद प्रसाद और हासिब मियाँ हो गये।

चारों को साथ रहते महीना बीत गया पता भी न चला। इस बीच कई बार पूरनचंद प्रसाद व हासिब मियाँ के परिवार के लोग उनसे मिलने व पैसे पहुँचाने आये। तब उन्होंने कन्हाई दास (कनूवा) और रघुवीर सिंह (रघुवा) को भी देखा... पर उस समय लड़कों ने डर से यही कहा कि ये दोनों भी इसी शहर में अलग किराये के मकान में रहकर पढ़ते हैं इस वक्त मिलने के खयाल से आयें हैं। एक बार तो ऐसा भी हुआ कि पूरन के चाचा रात भर के लिए वहीं ठहर गये। तब सच्चाई छुपाने के लिए कन्हाई दास और रघुवीर सिंह को एक कम्बल के सहारे किसी फुटपाथ पर ही रात गुजारनी पड़ी।

महीना भर तो जैसे-तैसे कट गया पर अगले माह ही उन्हें स्पष्ट मालूम हो गया कि दो के खर्चे पर चार का निर्वाह कदापि न हो सकेगा। उन्होंने बहुत कटौती, कंजूसी की, पर किसी भी विधि से उन चारों का नियमित गुजारा चल पाने का आसार न मिला। अंततः उन्होंने दूध लेना और ट्यूशन छोड़ दिया। रघुवीर को यह अच्छा न लगा कि उसके लिए कोई अपना दूध का पैसा और ट्यूशन का पैसा बचाये। उसने चट पूरनचंद और हासिब मियाँ को बैठाकर समझाया। बोला- ''हम दोनों के लिए तुम दोनों इतना त्याग न करो; हमें डर

लगता है कि पता नही ंहम इस जन्म में तुम्हारे इस एहसान के कर्ज को चुका भी सकेंगे या नहीं।''

हासिब- ''मित्रों से एहसान की बातें नहीं किया करते; फिर आखिर मित्र होते हैं किसलिए जो समय में काम न आ सकें।''

रघु- ''हमारे प्रति तुम्हारा यह त्याग क्या तुम्हारे परिवार वालों को ग्राहा है? क्या यह त्याग उनके लिए तकलीफदायक नहीं।''

पूरनचंद-''हो सकता है, पर उन्हें यह पता चले तब तो।''

रघु- ''सच्चाई क्या कभी छिपती हैं।''

हासिब- ''जब तक है तभी तक।''

रघु- ''आखिर कब तक?''

हासिब- जब तक है तभी तक।''

रघु- ''आखिर एक न एक दिन तो पोल खुल ही जायेगी, तब क्या उन्हें कम तकलीफ होगी।''

हासिब- ''जब खुलेगी, देखी जायेगी; भविष्य के भय से हम अपने वर्तमान को क्यों भय के साये में डालकर मुफ्त का सरदर्द लें।''

रघु- ''नहीं ऐसा कब तक चलेगा, मैं कब तक किसी दूसरे के कन्धों पर सवार होकर यात्रा कर सकूँगा; मैं किसी के कन्धों पर नहीं खुद के पैरों पर चलना चाहता हूँ इसलिए मैंने निर्णय लिया है कि आज से कनूवा और मैं घर का सारा काम करेंगे... खाना पकाना, बर्तन धोना और घर की सफाई हमारे जिम्मे ताकि तुम दोनों पूरा समय पढ़ाई को दे सको; इससे तुम्हारी ट्यूशन छूटने से होने वाली हानि की पूर्ति हो जायेगी और हमारे दिल में भी तुम्हारे एहसानों का कम भार पड़ेगा।''

हासिब- ''अगर तुम स्वाभिमानी के दिल में ये काम करने से हमारे एहसान का कम भार पड़ता हो तो अच्छी बात है, पर क्या तुम्हें नहीं पढ़ना?''

कनूवा उचककर उठते हुए बोला- ''हम दोनों कम भी पढ़ेंगे तो चलेगा,

तुम दोनों के आसरे इतनी भी पढ़ाई कर लें तो हमारे लिए काफी हैं।''

पूरनचंद मुस्कुराकर उठते हुए बोला- ''अच्छी बात है।'' सभा बर्खास्त हो गयी।

छमाही टेस्ट परीक्षा सर पर था। सभी किताबी कीड़ा बने किताबों से इस तरह चिपके पड़े थे जैसे- चीनी से चींटी। निर्धारित तिथि पर सबकी परीक्षा सकुशल सम्पन्न हो गयी।

छमाही टेस्ट परीक्षा का परिणाम अपने ही कॉलेज में एक छोटे-से कार्यक्रम का आयोजन कर घोषित किया गया। पूरे कक्षा में प्रथम आया था रघु। ऐसे दस विद्यार्थियों के नाम की ही पूरे समारोह में सम्मान के साथ घोषणा की गयी। इन दस मेधावी विद्यार्थियों में न तो पूरनचंद का नाम था, न हासिब मियाँ का और न ही कन्हाई का ही नाम था। परीक्षा परिणाम से रघुवीर सिंह को जितनी खुशी हुई, उतनी उदासी भी... क्योंकि वह किसी भी हालत में पूरनचंद और हासिब से ज्यादा नम्बर नहीं लाना चाहता था। उसे जिस बात का डर था वही हुआ। यदि उसे ऐसे परिणाम का थोड़ा भी आभास होता तो शायद ही वह पूरे सवाल का जवाब लिखता। उसे यह भी पता न था कि यहाँ पूरे सम्मान के साथ कार्यक्रम आयोजित कर परिणाम की घोषणा की जाती है। उसे अपने सम्मान से उतनी खुशी न हो सकी जितनी कि पूरनचंद और हासिब मियाँ के पीछे रह जाने की उदासी थी। हासिब मियाँ और पूरनचंद मुँह लटकाये डेरा लौटे... पर जिसे खुशी के मारे उछलते-कूदते आना चाहिए था वह रघु भी उदास चेहरा लिये डेरा लौटा। उसके चेहरे पर अपने अन्य तीन साथियों के कम अंक आने की उदासी स्पष्ट थी। इन चारों में यदि कोई खुश था तो वह था कनूवा, क्योंकि वह पढ़ाई-लिखाई में तेज न था। मात्र पास हो जाने पर ही काफी खुश था और उसकी दुगुनी खुशी का राज था रघु का कक्षा में प्रथम आना... जैसे वह स्वयं प्रथम आया हो।

आज तीनों का समय उदासी में ही बीता। किसी ने किसी से खास बात नहीं की। सिर्फ कन्हाई ने खुशी से झूमते सबको भोजन बनाकर परोसा। इसी दिन न जाने कैसे इन चार दोस्तों का मन दो पक्ष में बँट गया, उनकी सोच बदल गयी। उस दिन के बाद कोई किसी से ज्यादा बात नहीं करता जैसे- सभी

एक-दूसरे से गाल फुलाये बैठे हों। चुप्पी तनाव को जन्म देती हैं। अब अपने दिल की बात अपने ही दिल में दफ्न होने लगी।

इसी बीच हासिब और पूरनचंद ने तय किया कि उनके ट्यूशन के पैसों का गलत उपयोग हो रहा है। उनको ऐसा लगने लगा जैसे उन्हीं का पाला बकरा उन्हीं को सींग मारने को तैयार है। आखिर उनके दिल की ईर्ष्या भावना एक दिन जुबाँ पर आ ही गयी।

एक रात जब रघुबीर पढ़ रहा था, हासिब और पूरनचंद उसके पास पहुँचे और स्पष्ट शब्दों में कहा- ''रघु! तुम तो जानते हो हमारी परिस्थितियों को, कि हमने किस तरह तुम दोनों को अपने दूध और ट्यूशन बंद करवाकर उस पैसे से तुम्हारे पढ़ाई का खर्च निकाला; किन्तु हमारे इस परीक्षा परिणाम से हमारे अभिभावक बहुत नाराज हैं इसलिए हम फिर से ट्यूशन शुरू करना चाहते हैं अतः हम अब ट्यूशन के पैसों का उपयोग तुम्हारे किताब-कॉपी के लिए नहीं कर सकते, अपने किताब-कॉपी के खर्चों का बोझ तो तुम्हें स्वयं ही उठाना पड़ेगा। जितना दिन हमसे निभ सका हमने कुछ न कहा, पर ट्यूशन अब हमारी मजबूरी है। रघु को इस बात की तनिक भी चिंता न हुई कि अब वह किस तरह उस खर्च की पूर्ति करेगा... बल्कि उसे बड़ा सुकून मिला कि उसके सर से एहसान का एक बोझ उतरने वाला है। उसने हल्के पुलकित मन से खुशी-खुशी कहा''-अरे यार हासिब, तूने तो जैसे मन की बात कह दी, मैं तो कब से चाह रहा था... इस विषय पर तो मैंने शुरू में ही कहा था कि तुम नाहक ही ट्यूशन का पैसा मुझ पर बरबाद करोगे। चलो इस बात से मैं काफी प्रसन्न हूँ।'' पूरनचंद दहकते हृदय से बोला- ''अच्छा अब तुम पढ़ो।'' दोनों उठकर चल पड़े बिगड़ी सूरत बनाते हुए। रघु की बात से उन्हें ऐसा लगा जैसे- नहाया भी तो गंदे पानी से।

पूरनचंद और हासिब मियाँ दोनों ने ट्यूशन शुरू कर दिया। वहीं रघुवीर सिंह के लिए समस्याएँ उत्पन्न हो गयी। उसे अगले महीने की चिंता होने लगी कि अगले महीने का खर्च कहाँ से वह जुटाये। घर से तो वह एक-एक दाने का मोहताज था। गाँव में उसके बूढ़े दादा अपना पेट पाल ले रहे थे। वही काफी था जो उन्होंने साहस करके अपनी बुढ़ापे की कमजोरी को नजरअंदाज कर

उसे पढ़ने की पूरी छूट दे दी थी। रघु के घर से शहर के लिए निकलते वक्त चरण छूने पर दादा ने रुआँसे स्वर में आशीर्वाद के रूप में कहा था- ''जा मन लगाकर पढ़ना, मेरी चिंता तनिक भी मत करना; बस एक उम्मीद रखता हूँ तुमसे कि मेरी चिंता को आग दे जाना, मैं तो ठहरा पका आम न जाने कब टपक जाऊँ। मैंने अपनी जिंदगी तो जी ली अब अपनी सेवा-स्वार्थ की खातिर तुम्हारी जिंदगी को बनने से क्यों रोकूँ। जा और खूब मन लगाकर पढ़। खानदान में तो कोई बाबू साहब न बन सका अब तुम पर ही आस है। खानदान का इज्जत, गौरव अब सब तुम्हें सौंपे जाता हूँ, मुझसे जितना बन पड़ा खानदान का इज्जत, गौरव... अब सब तुम्हें सौंपे जाता हूँ। मुझसे जितना बन पड़ा खानदान का ताज सँभाला, अब तुम्हें सँभालना हैं। यह मैं इसलिए कहता हूँ कि शायद फिर इस धरती पर मेरी तुमसे दुबारा मुलाकात न हो।'' और फिर उन बूढ़ी आँखों से आँसू टपक पड़े। आज इसी आशीर्वाद की परीक्षा थी। रघु भी बाबू साहब बनने का प्रण कर लिया था। उन बूढ़ी आँखों के आँसुओं ने धरती पर टपकते ही उसके प्रण को सींच दिया था... उसमें नयी ताजगी, नयी हरियाली, नया जोश, नयी उमंगें भर आयी थीं।

उस प्रण की याद आते ही रघु का विचलित मन स्थिर हो गया जैसे- उसमें नयी ताकत आ गयी हो। वह उसी शाम काम की तलाश में निकल पड़ा। शाम तो निराशा में ही गुज़री, पर दूसरे दिन, दिन भर की मेहनत रंग लायी। एक पेपर एजेंसी वाले से अपने ही मुहल्ले में पेपर बाँटने का काम मिल गया। दूसरी ही सुबह से रघु पूरे उत्साह के साथ काम में लग गया। सुबह पेपर बाँटने के बाद तैयार होकर कॉलेज जाता, तब तक कन्हाई सुबह का खाना चारों के लिए तैयार करता। हासिब और पूरनचंद भी ट्यूशन से आकर खाते और सभी साथ कॉलेज के लिए प्रस्थान करते। शाम को पूरनचंद और हासिब मन बहलाने के लिए घूमने निकल पड़ते। रघु और कन्हाई मिलकर बर्तन साफ करते, झाड़ू लगाते और रात का खाना तैयार करते और फिर पढ़ाई के लिए तो पूरी रात अपनी थी।

रघु की लगन देखकर पूरी कक्षा को आशा थी कि अबकि प्रथम वर्ष की परीक्षा में रघु ही सबसे ज्यादा अंक प्राप्त करेगा। रघु की उन्नति देखकर पूरनचंद और हासिब की ईर्ष्याग्नि भड़क उठी। उन्हें लगने लगा कि खर्चे में

पूरा करूँ और वे ही हमसे आगे फाँद जायें... यह बात उन्हें सह्य न थी। ईर्ष्या भावना से ग्रसित उन दोनों ने तय किया कि अब दूध के पैसे भी उन्हें न दिये जायें। उनकी यह धारणा थी कि दूध का पैसा कन्हाई को न देने से कन्हाई के खर्च का भार रघु पर पड़ेगा और रघु ज्यादा समय कमाने में देगा। इससे उसकी पढ़ाई बाधित होगी और वे आसानी से बाजी मार जायेंगे और हुआ भी यही।

एक दिन कॉलेज से लौटते समय पूरनचंद बड़ी मासूमियत से बोला- ''रघु! बुरा न मानो तो एक बात कहूँ?'' रघु को लगा जैसे वह कोई रहस्योद्घाटन करने वाला हो।

रघु ने मुस्कुराकर कहा- ''बेशक कहो।''

पूरनचंद-''गाँव में तो दूध, दही, घी, अण्डा, मांस खा-पीकर मस्त था, पर अब शरीर डोलने लगा है, अब सिर्फ चावल-दाल से काम नहीं चलने वाला। ऊपर से यह परीक्षा सर पे आ बैठी है; मुझे लगता है अब हमें कुछ पौष्टिक आहार जैसे -दूध द...।''

रघु-''हाँ-हाँ मैं भी यही सोच रहा था, खासकर परीक्षा के समय तो पौष्टिक आहार और भी जरूरी हो जाता है, तुम्हें इम्तिहान की इस घड़ी में अवश्य दूध लेना चाहिए।'' पूरनचन्द का वाक्य पूरा होने से पहले ही रघु ने एक ही साँस में सारी बातें कह डाली। पूरनचंद के आशय से रघु को न दुःख हुआ न आश्चर्य, क्योंकि ऐसी परिस्थितियों से वह पहले से ही जूझता आया है। इस वर्तमान परिस्थिति का आभास भी उसे पहले से ही था।

हासिब- ''पर हमारे पास तो गिने हुए पैसे आते हैं।''

रघु- ''इसकी चिन्ता नहीं; कन्हाई पर जो दूध का पैसा खर्च होता है उसी से दूध आयेगा और बात रही कन्हाई की तो जैसे मैं अपना काम करते हुए खर्च निकालता हूँ, उसकी भी निकल जायेगी'' रघु ने जैसे उन दोनों के मन की बात कह दी हो। रघु ने तो आसानी से कह दिया कि कन्हाई का भी खर्च निकल जाएगा। पर खर्च निकले तो निकले कैसे। देर रात तक दिमाग ने कुछ हल न सुझाया तो उसने इस समस्या को भगवान का नाम लेकर उसी पर छोड़

चादर तान ली।

सुबह दूधवाले के आते ही रघु उसके पास पहुँचकर बोला- ''भाई जी! दूध ज्यादा होती हो तो आधा किलो रोज यहाँ भी दे जाना।''

दूधवाला- ''अरे भाई मैं चाहूँ तो अभी बैठे-बैठे किलो भर दूध बढ़ा दूँ इसमें भी चिन्ता की बात है; लाओ आधा किलो पानी अभी दूध बनाइ देता हूँ।'' उसने मजाक किया तो सभी हँस पड़े। दूधवाला फिर बोला- ''यदि मेरी सहायता करने वाला कोई होता तो आधा किलो क्या किलो बढ़ जाता। इधर दूध देने आया तो उधर गैया भूखी-प्यासी पड़ी है। उनको चराऊँ तो दूध पानी हो जाता है। मैं गायों को चराऊँ या दूध लाकर बेचूँ समझ में नहीं आता। एक नौकर था चार दिन में ही भाग गया सरवा।'' रघु की तो मानो भगवान ने सुन ली हो। उसने पूछा- ''क्या दोगे मुझे?''

दूधवाला-''तू पढ़नेवाला स्टूडेण्ट गैया चरायेगा, गोबर फेंकेगा। पाँव में जरा धूल लग जावे तो झाड़ने लगत हो, चप्पल में गोबर आ जावे तो जैसे आफत आ गयी हो हा हा हा... वह ठहाका लगाकर हँस पड़ा।

रघु- ''अरे नहीं भाई हम भी किसान के बेटे हैं, गाय चराना, दुहना, गोबर उठाना हमारे बचपन के संस्कार हैं।''

दूधवाला-''पहले यह जानो कि काम क्या लूँगा।''

रघु- ''बोलो।''

दूधवाला-''या तो गइयन को चरावे के या शहर मा दूध लाकर घर-घर बाँटे के काम, कवन मंजूर भेला।''

रघु-''कितना दूर है तुम्हारा गाँव?''

दूधवाला-''गाँव नहीं शहर के आखिरी छोर मा खटाल है, यहाँ से एक कोस... साइकल में जाते आधा घण्टा, आते आधा घण्टा काम खतम।''

रघु- ''मंजूर है।''

दूधवाला-का गाई चरावे के?''

रघु-नहीं, रोज दूध लाकर बेच दूँगा।''

दूधवाला-''बेचे के नाहीं, घर-घर ठिका बाँटे के।''

रघु- ''क्या दोगे?''

दूधवाला-''दू किलो का दाम रोज, एकरा से बेसी न पारब।''

रघु- ''मंजूर है, कम ही सुबह आता हूँ पर साइकिल की समस्या...''

दूधवाला-यह विकट समस्या नहीं, यदि हमार खटारा चली तो ले अइह।'' दूध वाला मुस्कुराते हुए जाने को उठा। रघु ने भी मुस्कुराकर हाथ जोड़ लिया। दूधवाला चला गया और रघु ने भी यह सोचकर मामला तय कर लिया कि जिस घर में वह पेपर देता है वहीं पर तो दूध भी देना है... एक पंथ दो काज... थोड़ी मेहनत और सही।

प्रथम वर्ष की परीक्षा सिर पर थी। दूध बेचने और पेपर बाँटने की वजह से रघु को पढ़ाई के लिए बहुत कम समय पाता। कन्हाई सुबह में सबका भोजन तैयार करने में ही फँस जाता इसी वजह से इच्छा होते हुए भी वह रघु की मदद नहीं कर सकता था। शाम में भी दोनों मिलकर रात का भोजन तैयार करते। रघु और कन्हाई को पढ़ाई के लिए सिर्फ रात में ही समय मिल पाता। इधर पूरनचंद और हासिब सुबह ट्यूशन जाते, फिर कॉलेज... फिर बाकी का समय पढ़ाई में ही बीतता। रात में ईर्ष्याविश ही सही पर रघु की देखा-देखी ये दोनों भी रात में देर तक पढ़ाई करते।

प्रथम वर्ष की परीक्षा समाप्त हुई। परीक्षा का परिणाम भी घोषित किया गया। रघु अबकी भी कक्षा में प्रथम आया। अब हासिब और पूरनचंद की रही-सही नाक फिर कट गयी। उनका ईर्ष्या-भाव और प्रबल हो उठा। यह अलग बात है कि वे दोनों रघु से दो-चार नम्बर से ही पिछड़ गये थे। वे दोनों सोचने लगे कि यदि फाइनल परीक्षा में रघु उनसे आगे निकल गया तो गाँव मे उनकी बड़ी बदनामी होगी।

गाँव के सभी लोग यही कहेंगे दूकि साधन विहीन रघु शहर के कॉलेज में अव्वल आकर बड़ा नाम कमा रहा है और उन्हीं के साधन-सम्पन्न दोस्त पूरनचंद और हासिब नालायक निकल गये। इस भय से उनके मन में विकृति

पैदा हो गयी। ईर्ष्या होती ही है अंधी। अपने ही गाँव के लँगोटिया यार की कामयाबी पर गर्व करने के बजाय, उनसे दौड़कर आगे निकलने के बजाय उन्हें धकेलकर गिराने और आगे निकलने की सोचने लगे। पर उन्हें क्या पता था कि धकेलने से रघु लड़खड़ायेगा जरूर, पर सँभलकर उनसे और आगे निकल पड़ेगा।

फाइनल परीक्षा सिर पर थी। एक दिन उन दोनों ने मिलकर विचार किया कि लोहा अभी गरम है हथौड़ा मार ही देना चाहिए। फाइनल परीक्षा को मात्र दो महीने बचे हैं। इस नाजुक समय में किसी विधि से यदि रघु को बाधित किया जाय तो पिछले प्रथम वर्ष की परीक्षा में जो रघु से दो-चार अंक कम थे शायद उसे बाधित कर उससे आगे निकला जा सकता है। उन दोनों ने कुटिल तरकीब खोज निकाली कि यदि रघु को किसी तरह इस मकान से निकाल दिया जाय तो वह न घर का रहेगा न घाट का। सम्भवतः वह परीक्षा भी न लिखे। तरकीब अच्छी थी।

एक शाम हासिब ने रघु को स्पष्ट शब्दों में कहा- ''रघु! यह बात तुमसे कहते हुए दुःख होता है मगर न चाहते हुए भी मजबूरी वश कहना पड़ रहा है।'' हासिब ने नजरें चुराते हुए भूमिका बाँधी।

रघु चट से बोला- ''अजी महाशय, भूमिका मत दीजिए, आप जो भी कहना चाहते हैं खुलकर जल्दी से कह डालिए। परीक्षा की तैयारी भी करती है। आपकी बातों से मुझे कोई दुःख न होगा... बोलिए।''

हासिब सिर झुकाये बोला- ''घर वालों को पता चल चुका है कि तुम दोनों भी यहीं रहते हो और यह बात उन्हें कतई बर्दाश्त नहीं। वे एक-दो दिन के अंदर आने वाले हैं, मैं चाहूँगा कि उनके आने से पहले तुम दोनों अपने रहने का ठिकाना तय कर लो।'' रघु की तो जैसे पैर तले जमीन खिसक गयी, पर वह बनावटी मुस्कुराहट का सहारा लेते और विचलित हुए बिना धैर्यपूर्वक कहा- ''बस इतनी सी बात, इसमें भला दुःख की क्या बात है।'' हासिब को तो जैसे किसी ने गाली दे दी हो। पास खड़े पूरनचंद ने मन-ही मन सोचा कि रघु ने तो इतनी बड़ी बात को चट कह दिया 'बस इतनी-सी बात' पर अब मजा आयेगा बच्चू को।

रात भर रघु को नींद नहीं आयी। सुबह होते ही वह काम में फँस गया... फिर कॉलेज चला गया। कॉलेज का नोटिस बोर्ड देखा तो उसके होश उड़ गये। बोर्ड में बड़े-बड़े अक्षरों में परीक्षा फार्म भरने की अंतिम तिथि लिखी हुई थी। मात्र पाँच दिन का समय था। नोटिस पढ़कर रघु हताश हो गया। ऊपर से एक और आफत आ पड़ी। कहाँ से लायेगा अब वह चार सौ पचास रूपये कॉलेज छुट्टी के बाद रघु सीधा डेरा (किराये का कमरा) पहुँचा। किताब एक झोले में डाली और वही पुराना फटा कम्बल लेकर निकल पड़ा। यह देख कन्हाई भी उल्टे पाँव रघु के साथ चल पड़ा। रास्ते में कन्हाई ने रघु से पूछा- ''अब कहाँ जाओगे?'' रघु जबरदस्ती मुस्कुराने की कोशिश करता हुआ बोला- ''और कहाँ, वहीं अपने पुराने मकान में।''

कन्हाई- ''पुराना मकान...।''

रघु- ''हाँ पुराना मकान; वही धरती माँ के आँचल में, जहाँ मखमली घास के कालीन बिछे हैं, असंख्य तारों से टिमटिमाना सुन्दर मनोहर आसमान छत है जिसका... क्षितिज ही दीवारें हैं जिस घर की... वाह! क्या सुन्दर महल है।''

कन्हाई- ''फुटपाथ पर!'' दोनों एक-दूसरे को देख मुस्कुराकर आगे चल पड़े। आधी रात को कन्हाई ने टोका- ''रघु, जागते हो?''

रघु-''बोलो।''

कन्हाई-''अब तक सोये नहीं?''

रघु- ''नये मकान में नींद नहीं आ रही।''

कन्हाई- ''चलो मकान की समस्या टली, अब फार्म भरने के पैसे कहाँ से आयेंगे?''

रघु-''आना होगा तो खुद चलकर आयेगा अन्यथा सर पटकने से भी न आयेगा।''

कन्हाई-''तुम कम से भाग्यवादी हो गये?''

रघु- ''मैं कर्म की बात कर रहा हूँ।''

कन्हाई-''आज पढ़ोगे नहीं? गधे जैसे सोये पड़े हो।''

रघु-''हाँ हाँ क्यों नहीं, मैं तो भूल ही गया था।'' फिर दोनों ने उठकर कम्बल उठाया और रोड पर जल रहे बिजली के खम्भे के पास डेरा डालकर पढ़ने लगे।

सुबह रघु काम में व्यस्त हो गया। जब कॉलेज का समय हुआ तो कॉलेज जाने का मन नहीं किया। क्या करता भला वह कॉलेज जाकर। उस ग्वाले ने पिछले दो सप्ताह के पूरे पैसे दे दिये। पेपर वालों ने भी आज तक के बाकी पैसे दे दिये फिर भी फार्म भरने का पैसा न जुट सका। दोनों ने बयाना (एडवांस) देने से इन्कार कर दिया था।

कन्हाई-''आज कॉलेज न जाओगे क्या?''

रघु- ''नहीं।''

कन्हाई-''तो फिर दिन भर क्या करोगे?''

रघु- ''चल जमकर काम करते हैं, यदि तीस रुपया भी कमा सकेंगे तो इस दस रुपये का खाना खायेंगे और बीस रुपये मिलाकर एक व्यक्ति के फार्म भरने का चार सौ पच्चीस रुपया हो जायेगा।''

कन्हाई- ''चल।''

दिनभर भटकने पर भी न ही कोई काम मिला न कोई पैसा। अँधेला होने पर कन्हाई ने कहा- ''चल निकाल दस रुपया दिन भर भूखा दौड़ाया है।'' रघु कन्हाई को ऐसा देखा जैसे- कोई बदनसीब माँ भूख से रोते-बिलखते अपने बच्चे को देखकर सिवाय आँसू बहाने के और कुछ नहीं कर सकती। बच्चा रोटी माँगता है और गरीब माँ हीरे-जवाहरात से सम्पन्न राजा-रानी की मीठी-मीठी कहानियाँ सुनाया करती हो। रघु की स्थिति भी ऐसी ही थी। पर कन्हाई अब बच्चा न था जो रघु अपनी मीठी बातों से उसे बहला लेता। उसने मुस्कुराकर कहा- उपवास सेहत के लिए लाभदायक होता है; इतनी मोटी-मोटी विज्ञान की किताबें चट कर ली और इतनी छोटी-सी बात किस कोने में पड़ी थी जो तू अब तक न पढ़ सका।'' कन्हाई आहत स्वर में बोला- ''चलो अच्छा बहाना है।''

रघु- ''देख कन्हाई, अभी दस रुपये का खायेंगे तो कल तीस रुपये का इंतजाम करना पड़ेगा। यदि नहीं खायेंगे तो मात्र बीस रुपये का। कल पेपर बेचने के बाद तो बीस रुपये मिल ही जाएंगे। कम-से-कम एक व्यक्ति का फार्म तो भरा जा सकेगा।''

कन्हाई- ''फार्म भरोगे तो कल खाओगे क्या? क्या तुमने यह नहीं पढ़ा कि ज्यादा उपवास हानिकारक होता है।''

रघु- ''अरे भाई मैंने कभी लाभ की सोची नहीं तो हानि का क्यों सोचूँ; किसी एक का फार्म भर लेंगे फिर देखा जायेगा।

''क्या एक कुत्ते से भी गये बीते हैं जो जूठी रोटियाँ भी न मिलेंगी'' कन्हाई एक लम्बी साँस लेकर किताब कुरेदने लगा। तभी सड़क पर एक अच्छी-सी कार रुकी। दोनों चौंक पड़े। कार से एक नयी उम्र के लड़के ने सिर निकालकर पूछा- ''अरे रघुवीर सिंह, यहाँ क्या कर रहे हो इस खम्भे के नीचे?'' रघु ने देखा यह उसकी कक्षा का ही एक लड़का था। उसने कहा- ''कुछ नहीं तो, बस यू हीं चलते-चलते थक गया तो थोड़ा बैठकर थकान मिटा ली।''

लड़का- ''किधर जाना, चलो मैं तुम्हें अपनी कार से छोड़ देता हूँ, आओ बैठो।''

रघु- ''अरे नहीं हमें इधर जाना है।'' विपरीत दिशा में इशारा करते हुए बोला।

लड़का-''तो क्या हुआ, आओ अगले मोड़ से गाड़ी मोड़ता हूँ।''

रघु- ''अरे नहीं यार, बस हम अपने डेरा के नजदीक ही हैं।''

लड़का- ''यहाँ से कितनी दूरी पर है तुम्हारा डेरा?''

रघु- ''बस सौ कदम के लगभग।''

लड़का-''ठीक है तो फिर चलता हूँ।''

रघु-''मदद करनी चाही... धन्यवाद।''

वह लड़का चला गया तो कन्हाई झल्लाते हुए बोला-‘‘अरे यार... खुद तो भुखे मरोगे, हमें भी मार डालोगे। इतना अमीर आदमी था, कहने पर दो प्लेट चावल नहीं खिला सकता था। मदद तो की नहीं, झट कह दिये धन्यवाद।’’ भूख से प्राणी चिड़चिड़ा हो जाता है। रघु की भाव-भंगिमा बदल गयी। गुस्से से बोला- ‘‘एक दिन भूखा नहीं रह सकते।’’ और झट पॉकेट से दस रुपये का नोट निकालकर कन्हाई की ओर बढ़ाते हुए कहा- ‘‘लो जाकर पेट भर लो।’’ उसकी भर्रायी आवाज सुनकर कन्हाई सावधान हो गया। उसने आज तक रघु को गुस्से में न देखा था। उसने उसे सदा दुःख-सुख में मुस्कुराते ही पाया था। रघु का गुस्साया चेहरा पहली बार देखकर उसे बड़ा अजीब-सा लगा। कन्हाई की आँखों से आँसू छलक पड़े और भरये स्वर में बोला- ‘‘मैं तो एक मज्दूर का बेटा हूँ, कई रातें कई दिन पानी पीकर गुजारी हैं, पर तुझे भूखा देख मुझे सुकून नहीं मिला इसलिए मैंने तुझसे ऐसी बातें कही।’’ कन्हाई आँसू पोंछते हुए यकायक चुप हो गया। वह भली-भाँति जानता था कि रघु जैसा स्वाभिमानी व्यक्ति कभी किसी के आगे हाथ नहीं फैला सकता चाहे उसके प्राण ही क्यों न चले जायँ। फिर भी उसने रघु की भलाई के लिए यह बात अनायास ही कह डाली थी।

सुबह से फिर वही ताजगी... कहीं कोई भूख की शिकन नहीं। पेपर वाले ने हिसाब करके देखा बीस रुपये नहीं आये... फिर भी काफी अनुनय-विनय के बाद कुछ अग्रिम दे दिया। पूरे चार सौ पच्चीस रुपये अपने हाथों में देखकर रघु फूला न समाया। वह लपका आया और कन्हाई से बोला- ‘‘चल तेरा फार्म भर देता हूँ।’’

कन्हाई- ‘‘पूरे पैसे जुट गये?’’

रघु खुशी से बोला- ‘‘अरे चल न।’’

कन्हाई-‘‘जा फार्म भरकर आ जा।’’

रघु- ‘‘तू नहीं जायेगा तो कैसे भरायेगा।’’

कन्हाई- ‘‘तुम्हारे फार्म में मेरी क्या जरूरत?’’

रघु- ‘‘फार्म मैं नहीं तू भरेगा।’’

कन्हाई- ‘‘तू तो जानता है मैं पढ़ाई में उतना तेज भी नहीं, कहीं फेल हो गया तो पेट काटकर बचाया गया यह पैसा पानी में चला जायेगा।’’

रघु- ‘‘तू भविष्यवक्ता क्यों बनता है, फेल हो जायेगा तो हो जायेगा, फिर अगले साल दोनों साथ-साथ परीक्षा देंगे।’’

कन्हाई- ‘‘मैं न भी पढ़ा तो कोई हर्ज नहीं; मैं क्यों रुकावट बनूं तुम्हारी पढ़ाई में...।’’

रघु- ‘‘ज्यादा बकबक नहीं, कम्बल उठा और चल।’’

कन्हाई- ‘‘मैं मजाक नहीं करता।’’

रघु- ‘‘देख कन्हाई, तू मेरी पढ़ाई में रुकावट नहीं पथ प्रदर्शक है। यदि तू न होता तो मैं कब का भागकर गाँव पहुँच गया होता। क्या तुम्हें लगता है कि मैं अकेला यहाँ टिक पाऊँगा।’’ बहुत समझाने के बाद भी बाद भी जब कन्हाई तैयार न हुआ तो अंततः मजबूर होकर रघु को ही तैयार होना पड़ा, क्योंकि समय न था... आज फार्म भरने की आखरी तारीख थी। ग्यारह बज चुके थे।

रघु- ‘‘चल कम्बल उठा।’’

कन्हाई- ‘‘कम्बल लेकर कॉलेज चलूँ?’’

रघु ने मजाक किया- ‘‘भारी है?’’

कन्हाई- ‘‘अरे नहीं, बेइज्जती लगती है; वहाँ लड़के-लड़कियाँ...।’’

रघु- ‘‘पागल! चल उठा, अपना तो पूरा घर गृहस्थी एक झोले में सिमटा है; जहाँ कम्बल डाल दी वही महल है।’’ कन्हाई कम्बल उठाया, कंधे पर लटकाया, बोला- ‘‘चल।’’ फार्म भरकर रघु इतना निश्चिंत था जितना एक कन्या का पिता वर को तिलक चढ़ाकर निश्चिंतता महसूस करता है।

उस दूधवाले की गाय मर गयी। रघु का दूध बाँटने का काम छूट गया। एक नयी समस्या ने जन्म लिया। पेपर से मात्र दस-बारह रुपये की आदमी थी। दस-बारह रुपये में दो व्यक्तियों का भोजन सम्भव न था। ऊपर से बहुत ही आवश्यक चीजें जिसे उन्होंने बिलकुल नकार दिया था। समझा जा सकता है

कि जिस आदमी के पास कुछ न हो वह किस तरह अपना दिनचर्या जीना होगा। जीने की मुख्य तीन आवश्यकताओं रोटी, कपड़ा और मकान में से रघु के पास कुछ न था। रोज का कमाना खाना, ऊपर से पढ़ना... न रोटी का ठिकाना... न मकान, न तन पर कपड़े, फटी हुई पैण्ट वह इस सभ्य कहलाने वालो समाज में मजाक बनकर रह गया था। उसकी फटी पैण्ट को देखकर हँसने वालो सभी थे, पर उस पर परदा करने की किसी में सामर्थ्य न थीं।

कल से परीक्षा शुरू होने वाली है। रघु दिन में किसी पेड़ के नीचे और रात में रोड पर बिजली के खम्भे के नीचे किताब लिये मग्न रहता। कन्हाई पेपर बाँटता, दिन भर होटल में प्लेट धोता तब कहीं जाकर रात में सूखी रोटी प्राप्त होते। कन्हाई को दिन भर खटना देख रघु को बड़ा खराब लगता। बैठे-बैठे रोटी खाना उसके लिए हराम था। वह भी कन्हाई के साथ होटल में प्लेट धोने को तैयार हो जाता, पर कन्हाई उसे समझाकर कहता- ‘‘मैं क्या तुझे होटलों में प्लेट ही धोने के लिए खिलाता हूँ, जा... जाकर पढ़। परीक्षा लिख-पढ़कर बाबू बन जा; फिर क्या, बैठकर खाना ही तो है।’’ वह कभी भी रघु को जूठी प्लेट को हाथ न लगाने देता। वह कहता- ‘‘इस हाथों में हर वक्त किताब होना चाहिए प्लेट नहीं।’’ कभी उनका दिन उपवास में कटता तो कभी रात में पानी से ही पेट भरना पड़ता। एक रात कन्हाई ने रघु से कहा- ‘‘रघु, तुम्हारी पैण्ट तो फटी हुई है, क्या फटी पैण्ट पहनकर परीक्षा लिखने जाओगे?’’

रघु मुस्कुराकर बोला- ‘‘तो क्या करूँ... तुम्हारे दिन भर के कठोर मेहनत से तो आधे पेट भोजन मिलते हैं फिर नये कपड़े कहाँ से लाऊँ। तू नये कपड़े का सोचता है, मैं सोचता हूँ दो रुपये बचते तो एक साबुन ले आता। इन फुटपाथों में कम्बल के तो धूल से रंग ही बदल गये हैं। कल कच्चा पानी से ये कम्बल और कपड़े धोये, पर कम्बखत मटमैले के मटमैले रहे।’’

कन्हाई- ‘‘गाँव में तो राख से भी कपड़ा साफ करते हैं।’’

रघु- ‘‘इस शहर में राख कहाँ मिले?’’

कन्हाई-‘‘मैं होटल से ले आऊँगा कल।’’

रघु- ‘‘अरे नहीं, कोयले के राख से साफ नहीं होता, लकड़ी वाली राख

चाहिए। यहाँ लकड़ी का राख मिलेगा कहाँ? यदि मिल भी गया तो इसे पानी में उबालने को बरतन कहाँ। हमारे पास तो बर्तन नाम पर एक टूटा गिलास तक नहीं।''

कन्हाई- ''सोचता हूँ होटल से कुछ हाथ साफ कर लाऊँ।''

रघु- ''अरे नहीं, विकट परिस्थिति में संघर्ष करोगे तो कल को कुछ पाओगे... अभी चोरी की तो जिन्दगी भर चोर कहलाओगे। मन के दुर्ग में बुराई नाम का दुर्गुण जहाँ प्रवेश किया तो फिर बुराई पर विजय पाना मुश्किल हो जाता है; आज एक चोरी करोगे, कल को दो, तीन, चार...।''

कन्हाई- ''अब समझ में आ रहा है कि लोग बुराई पर क्यों उतर आते हैं।''

रघु- ''कायरों की यही पहचान है। परिस्थितियों से संघर्ष के बदले दूर भागकर बुराई की शरण लेते हैं। जो सच्चा योद्धा है वही विजयी है और योद्धा सिर्फ वही नहीं जो हमेशा विजयी हो, योद्धा वह जो रण में पीठ न दिखाये। योद्धा वही जो विजय-पराजय की चिंता से मुक्त सिर्फ अपना कर्म करे और विजयी योद्धा वही, जो भाग्य और परिस्थितियों के प्रतिकूल होने पर भी परिणाम की चिंता किये बगैर सिर्फ अपना कर्तव्य निभाये। खिलाड़ी सिर्फ वही नहीं जो खेल में विजयी हो, खिलाड़ी वह भी है जो मैदान में उतरकर साहसपूर्वक खेले।''

कन्हाई- ''लम्बा उपदेश है।'' दोनों ठहाका मारकर हँस पड़े।

दूसरे दिन कॉलेज जाते समय कन्हाई, रघु से बोला- ''माफ करना तुम्हारे पेट के लिए दाना का इंतजाम न कर सका।''

रघु- ''अरे नहीं, हमें तो अब आदत पड़ चुकी है, कोई बात नहीं।''

कन्हाई- पर मैंने सुना है पेट में अन्न रहने से मन चलता है।''

रघु- ''मन को क्या चलाना, मन को नियंत्रित करना सीखो, मैदान तुम्हारा है, फिलहाल तो दिमाग और कलम चलाने हैं।''

कन्हाई- ''फिर उपदेश...।''

रघु- ''अच्छा चलता हूँ।'' वह चला। वह जैसे ही चला, उसकी फटी पैण्ट पर कन्हाई की नजर पड़ी। वह ठहाका मारकर हँस पड़ा। रघु ने पीछे मुड़कर देखा और बोला- ''हँसता क्यों है?''

कन्हाई हँसी दबाते हुए- ''तुम्हारी फटी पैण्ट ही ही ही...''

रघु- ''जब तू ही हँसेगा तो और क्या करेंगे।''

कन्हाई- ''अच्छा जा नहीं हँसता। ''रघु पैण्ट के कारण कॉलेज में उड़ने वाली अपनी मखौल की चिंता में हीन भावना से ग्रसित कॉलेज की ओर चल पड़ा।

रघु के कॉलेज पहुँचते ही वही हुआ जिसका उसे भय था। लड़के-लड़कियाँ रघु की फटी पैण्ट देखकर ठहाका मारकर हँसे जा रहे थे। रघु चुपचाप मस्तमौला हाथी की तरह चलता रहा जैसे सब कुछ सामान्य हो और उसे व्यंग्य के ठहाके सुनायी ही न देते हों।

दूसरे दिन भी रघु वही मटमैली शर्ट और फटी पैण्ट नंगे पैर कॉलेज पहुँचा। फिर वही हँसी। कक्षा के बेंच पर बैठते ही अगल-बगल के छात्र उसे दुत कारने लगे... न जाने कहाँ का भिखारी लिखने आया है।'' रघु अपमान का जहर बैठा पीता रहा। एक ने तो हद ही कर दी और रघु का हाथ खींचकर बेंच से बाहर निकालकर दरवाजे की ओर धकेल दिया। रघु ने फिर वापस आकर बैठना चाहा तभी एक शरारती ने फटी पैण्ट में उँगुली फँसाकर चीर डाला। रघु पैण्ट समेटकर अपने जज्बात को काबू किये बैठा रहा। परीक्षा समाप्त होने के बाद वह लौटा और चुपचाप कम्बल लपेटकर पेड़ के नीचे बैठ गया। कन्हाई दौड़ता आया और पूछा- ''क्या मुँह लटकाकर बैठ गया, परीक्षा ठीक नहीं लिखा क्या?'' रघु चुपचाप रहा।

कन्हाई- ''नाराज है? भूख लगी हैं? चल होटल में खिलाता हूँ, चल जल्दी कर, मालिक देखेगा तो गुस्सा करेगा... अब चल भी।'' रघु चुपचाप बैठा रहा। उसकी आँखों से आँसू छलक पड़े। कन्हाई, रघु की आँखों में भरे आँसू देख घबराहट में बोला- ''क्या हुआ रघु बता भी।'' रघु रुआँसे स्वर में बोला- ''चल कन्हाई अपने गाँव लौट चलते हैं, अब बर्दाश्त नहीं होता।''

कन्हाई- ''पर हुआ क्या?'' उसने हैरानी से पूछा। रघु ने वह सारी घटना बयान कर दी। कन्हाई अंदर से रो तो पड़ा, पर उसने भी रघु से मुस्कुराना सीख लिया था। मुस्कुराकर बोला- ''बस निकल गया दम। उस दिन तो बड़ा उपदेश दे रहे थे... योद्धा, विजय, खिलाड़ी और जाने क्या-क्या... और आज वही मार अपने पे पड़ी तो मैदान छोड़ने लगे। आज पता चला कथनी और करनी में क्या अंतर है। लोग बड़े-बड़े उपदेश तो हाँक आते हैं, पर्वतों से टकराने की बात तो कर देते हैं और जब अपने को छोटा-सा कंकड़ भी पड़े तो फिस्स हो जाते हैं।'' रघु को जैसे किसी ने ललकार दिया हो। एक स्वाभिमानी के लिए ललकार से जो ताकत पैदा होती है वह तो कोई स्वाभिमानी ही समझता है। वह झट कम्बल हटा दिया और उठकर खड़ा हो गया।

जैसे वह मल्ल युद्ध के लिए तैयार हो गया हो।

रघु- ''सुबह थोड़ी-सी फटी पैण्ट देखकर ठहाका मार रहे थे, अब जब सारी पैण्ट फाड़ लाया तो मुस्कुराते भी नहीं।'' दोनों फिर ठहाका लगाकर हँस पड़े।'' चल खाना खिला, आज पाँच रोटी से कम न खाऊँगा, जोरों की भूख लगी है।''

परीक्षा खत्म होते हीं दोनों वापस अपने गाँव लौट गये। गाँव पहुँचते ही ममतामयी प्यार भरी मिट्टी ने जैसे सारे पुराने दिल के जख्म भर दिये।

रघु अपने बूढ़े दादा से भेंट करने के लिए ट्रेन से उतरकर गाँव की ओर दौड़ा जा रहा था। पर हाय! घर पहुँचते ही जैसे उसकी गति यकायक थम गयी। घर में एक छोटा-सा जंग लगा ताला लटक रहा था। दुआरी पर बजबजायी घास... घर का एक कोना धँसा हुआ। जैसे यह घर वर्षों से बंद पड़ा हो।

रघु का मन सशंकित हो उठा। उसकी शंका सही निकली। आस-पास के दो चार लोग रघु के पास एकत्रित हो गये पर किसी की जुबान न खुली। रघु ने बाजू वाले घर के एक बुजुर्ग जो उसके दादा के मित्र के समान थे, उनसे पूछा- ''दादाजी यह घर इस तरह निर्जन बंद पड़ा है और मेरे दादा कहाँ गये?''

बुजुर्ग ने अपराधबोध से ग्रसित धीरे गम्भीर मुद्रा में अफसोस जताते हुए कहा- बेटा अफसोस है तुम्हें इसकी खबर नहीं दी गयी, इसका कारण खुद तुम्हारे दादा ही थे। मरने से पहले उन्होंने कहा था कि उनकी मृत्यु की सूचना देकर किसी भी कीमत पर तुम्हारी पढ़ाई को बाधित न किया जाय... हाँ मरने के बाद वह तुम्हीं से मुखाग्नि पाने की कामना करते रहे। पर उन्होंने सख्त मना किया था कि उनकी आत्मा को तुम्हारे मुखाग्नि देने मात्र से ही सुकून न मिल पायेगा बल्कि जिस दिन तुम बाबू बन जाओगे उस दिन उनकी आत्मा को सच्ची शांति और खुशी मिलेगी और वे आगे कुछ न बोल सके।'' रघु की आँखों के आगे अँधेरा छा गया। जिन चरणों को छूने के लिए उसका मन लालायित था वह चरण धरा पर न थे। रघु की तो जैसे दुनिया ही लुट गयी। वह किसी बच्चे की तरह विलाप कर रोता रहा और कन्हई उसे ढाँढ़स व तसल्ली देता रहा।

कई दिन बीते गये। आज समाचार पत्रों में इण्टरमीडिए का परीक्षाफल प्रकाशित हो गया। कन्हाई दास, रघुवीर सिंह के पास दौड़-दौड़ा आया और हाँफते हुए बोला- ''ए रघु! आज का पेपर देखा तुमने?''

रघु- ''नहीं तो, क्या हुआ?''

कन्हाई दास- ''अरे यार होगा क्या, तुम पूरे कॉलेज में दूसरे स्थान पर हो।''

रघु आत्म संतोष की साँस भर कर बोला- ''सच्ची?''

कन्हाई- ''लो खुद ही देख लो।'' उसने पेपर रघु की ओर बढ़ा दिया।

रघु पेपर देखकर मुस्कुरा पड़ा।

कन्हाई- ''अरे यार इतनी-सी मुस्कान तो दुःख के क्षणों में भी करते हो, आज इतनी बड़ी खुशी हाथ लगी है फिर भी जरा-सा मुस्कुराकर रह गये... लगा लगा ठहाका लगा।'' वह उतावलेपन में बोला।

रघु गम्भीर स्वर में बोला- ''काश! यदि तुम्हारा भी फार्म भरा पाता तो मेरी खुशी दुगुनी होती, तब तो जरूर ठहाके लगाता पर...।''

कन्हाई -''अब इस खुशी के मौके पर रोनी सूरत मत बना; देख मुझे देख, मैं तो पूरे सौ फीसदी खुश हूँ।'' थोड़ी देर रुककर कन्हाई फिर बोला।'' चल आज कहीं चलकर मौज-मस्ती करते हैं, पता नहीं आज क्यों शरारत करने को दिल चाहता है। चल न आज कहीं कुछ उत्पात तो मचायें, कहीं कुछ तोड़-फोड़कर खुशी का इजहार तो करें। हम तो ठहरे गरीब, कहाँ से रसगुल्ले वाली पार्टियाँ दें। मेरे हाथ-पाँव फड़क रहे हैं खुशी से नाचने-गाने को, अब मैं अपने आप को नहीं रोक सकूँगा।'' वह हिनहिनाकर उछला।

रघु- ''बचपन तो गुजार दिया बिना तोड़-फोड़ किये, अब तोड़-फोड़ करना भलमनसी है क्या। कौन सहेगा हम सत्रह साल के समझदार युवकों की तोड़-फोड़। फिर भी आज न जाने क्यों मेरा भी मन करता है कि बदनामी ही सही तोड़-फोड़ जरूर करूँ।'' दोनों ठहाका मारकर लिपट गये। दोनों की आँख में खुशी के आँसू छलक पड़े।

रघु- ''तो चल आज दिल की हर हसरत पूरी कर लेते हैं; सामने वाले घर में टँगे कबूतरों के घड़े में पत्थर मारकर। क्या नायाब तरीका ईजाद किया है हमने अपनी खुशियों के इजहार के लिए... दाद दो भाई मुझे।''

कन्हाई- ''वाह-वा... वाह-वा....!''

रघु- ''तो क्या मैं उठाऊँ पत्थर और शुभारम्भ करूँ तोड़-फोड़ कार्यक्रम का?''

कन्हाई- ''अरे...। रुक जा, रुक जा मेरे भाई!'' दोनों ठहाका लगाते उन्मादी हो चले थे।

रघु- ''तो क्या पण्डित से शुभ मुहूर्त निकलवाओगे घड़े तोड़ने का?''

कन्हाई- ''खुशियाँ ज्यादा हिलोरे लेने लगीं, नहीं समा रहा हृदय में?''

रघु- ''और क्या।''

कन्हाई- ''सत्रह वर्ष के बूढ़े हो चले और अभी तक पता नहीं कि तोड़-फोड़ कहाँ, कैसे होनी चाहिए। हम क्या कोई क्रान्तिकारी हैं, पार्टी के नेता हैं जो बिन फायदा के ये घड़े तोड़ें। इन घड़ों को तोड़ने से क्या रस मिलेगा।

उलटे बरबादी होगी, गालियाँ मिलेंगी, बदनामी होगी; कोई फायदा नहीं इन बेचारे कबूतरों का बसेरा उजाड़कर।''

रघु- ''तो क्या तोड़-फोड़ कार्यक्रम स्थगित?''

कन्हाई- ''नहीं, बिलकुल नहीं।''

रघु आश्चर्य से- ''तो क्या तोड़-फोड़ करने से फायदा भी होता है!''

कन्हाई- ''हाँ, अभी कुछ अक्लमंदी वाली बात कही तूने; चल बताता हूँ तोड़-फोड़ में क्या आनन्द है, क्या रस है।'' वह रघु का हाथ पकड़कर नदी की ओर ले चला।

कन्हाई- ''मटकियाँ तोड़ी है कभी तुमने?''

रघु- ''काहे को जान-बूझकर आफत मोल लेता मैं।''

कन्हाई- ''काहे की आफत रघु? देख वह आ रही हैं, पत्थर उठा ले।''

रघु घबराया... बोला- ''कम्बख्त मरवायेगा तू आज; हे कान्हा रक्षा करो!''

कन्हाई-''किसकी रक्षा?''

रघु- ''अरे तुझ शैतान को नहीं भगवान को बोल रहा हूँ।''

कन्हाई-'' ए..! आहिस्ता बोल... आ पेड़ पर चढ़कर मजा लेते हैं।''

रघु- ''देख कन्हाई ऐसा मत कर, पत्थर उठाते तो मेरे हाथ काँपते हैं।''

कन्हाई- ''तो ठीक है, तू इस पेड़ के नीचे बैठकर तपस्या शुरू कर, मैं जरा पेड़ पर चढ़कर देख आता हूँ तुम्हारे लिए भगवान किस दिशा से वरदान लेकर आ रहे हैं। यह कहकर कन्हाई पेड़ पर चढ़ गया और रघु वहीं पेड़ के नीचे जिज्ञासा भरी नजरों से कन्हाई की करतूतें देखता रहा।

कन्हाई पेड़ पर बैठा नदी पर लड़कियों को नहाते देखता रहा। गाँव की ग्रामीण बालाएँ जलक्रीड़ा करती, किलकारियाँ भरती एक-दूसरे के ऊपर पानी के छींटे मारती जातीं। जलधारा से उत्पन्न जल के छींटे अरुण प्रकाश से ऐसे

झिलमिला उठते जैसे नदी से मोतियाँ छिटक रही हों। तरुणियों के मुखमण्डल पर सूर्य की अरुणिम किरणों के पड़ते ही चेहरे पर स्थित जल बूँदें एक अलौकिक आभा से आलोकित हो उठती थीं। ऐसा जान पड़ता था मानों मोतियों से टकराकर ये किरणें सतरंगी आभा लिये झिलमिला रही हों। तरुणियों का मधुर किलोल एक अनुपम दृश्य उत्पन्न कर रहा था। उनके खिलखिलाकर हँसने से मुखड़े पर झिलमिलाते मोतियों से चमकते जल बिन्दुओं के बीच उनका चन्द्राकर सफेद दंत विन्यास ऐसा जान पड़ता था मानो आसमान पर असंख्य झिलमिलाते तारों के बीच चन्द्र का शुभागमन हो चुका हो। कन्हाई इसी मनोरम दृश्य को देखकर आनंदित हो रहा था।

रघु- ''ए कनुआ! ऊपर चढ़कर बिलकुल शांत एकाग्रचित्त होकर टुकुर-टुकुर क्या देखे जा रहे हो?'' रघु ने उत्सुकतावश पूछा।

कन्हाई-''जन्नत।''

रघु- ''जन्नत... मतलब?''

कन्हाई की एकाग्रता में रघु के विघ्न डालने पर वह खीझते हुए बोला- ''अजी महाशय न मजा लेते हो न लेने देते हो।'' रघु को कुछ समझ में न आया। कनुआ के खीझने पर वह थोड़ी देर के लिए चुप जरूर हो गया किन्तु फिर अगले ही पल टोका ''ए कनुआ! क्या देख-देख के मुस्कुराये जाते हो कुछ हमें भी तो बता।''

कन्हाई बिना नजर फेरे... जैसे वह एकाग्रता को भंग करना ही नहीं चाहता हो, स्पष्ट बोला- ''लड़कियाँ नदी में स्नान कर रही हैं वही देख रहा हूँ।'' रघु का मुँह खुला का खुला रह गया जैसे मस्तिष्क ने एक क्षण के लिए पलक झपका लिया हो।

रघु बोला- ''कनुआ, यह महापाप है।''

कन्हाई-''कृष्ण कन्हैया जब छुपकर ब्रज बालाओं को नंग-धड़ंग नहाते देखा करते थे तब किसी पुण्यात्मा को नहीं सूझा यह महापाप। आ हा... हा..! तब वह कृष्णलीला था और जब आज मैंने थोड़ी-सी देख क्या ली तो महापाप हो गया। वाह रे महात्मा... कृष्ण करे सो रासलीला और मैं करूँ सो

विनाशलीला!'' कन्हाई ने आत्मारक्षार्थ व्यंग्यात्मक तर्क प्रस्तुत किया।

रघु- ''तब की बात कुछ और थी; वे स्वयं भगवान थे, तुम उनसे अपने आपको तुलना करते हो।''

कन्हाई- ''मतलब हमारे भगवान कुछ भी करें वह पुण्य हैं, लीला है और जब हम वही काम करे तो पाप है अपराध है।'' आगे रघु कुछ न बोला।

कन्हाई फिर बोला- ''आ पेड़ पर चढ़कर दो पल अपनी आँखें सेंक ले... यही तो जिन्दगी है, फिर तो घुट-घुटकर मरना है ही।''

रघु- ''जब गाँव में बदनामी होगी, पंचायत में शिकायत होगी तब इन मजा का सजा समझ में आयेगा।''

कन्हाई- ''होने दो शिकायत; कृष्णलीला पढ़-पढ़कर बूढ़े, जवान, औरत मर्द सभी वाह वाह कह उठेंगे। कहेंगे जय श्री कृष्ण तेरी लीला अपरम्पार और मेरी प्रत्यक्ष लीला कोई नहीं देखता। कोई नहीं कहता, ''वाह रे कनुआ। उलटे मुझे पंचायत में बैठाकर बेइज्जती करेंगे, सजा देंगे। देखूँगा मैं भी इस पंचायत को।''

रघु- ''मैं चला, तु रचाता रह अपनी लीला।''

कन्हाई- ''रुकं बस दो पल, अंतिम दृश्य है, अभी कपड़े बदली जा रही है।''

रघु- ''छिः छिः क्या करता है रे कनुआ।''

कन्हाई चंचल होकर बोला- ''ऊपर चढ़कर देखता तब न... आह! क्या भीगे कपड़े चिपके हैं बदन में उनके।''

रघु- ''राम! राम!'' वह वहाँ से चलता बना। तरुणियाँ घड़ों में पानी भरकर बस्ती की ओर चल पड़ी थीं। रघु हाथ में लिये पत्थर से खेलता उछालता धीरे-धीरे चला जा रहा था। कन्हाई ने मौका देखकर पेड़ पर से ही घड़े में निशाना साधकर दे मारा। बेचारी के सूखे कपड़े फिर से भीग गये। लड़कियों में हलचल मच गयी। आस-पास कोई न था। पत्थर कहाँ से आया एक आश्चर्य था। लड़कियों का शोर सुनकर रघु ठहर गया। लड़कियों ने

किसी भूत-प्रेत की आशंका से अपनी चाल तेज कर दी। थोड़ा ही आगे बढ़ने पर उन्होंने देखा कि रघु हाथ में पत्थर लिये इधर ही देख रहा था। उन्हें समझते देर न लगी कि पत्थर मारने वाला कोई और नहीं, यही रघु है। उस समय लज्जावश किसी लड़की ने कुछ न कहा, चुपचात चलती बनी।

अगले दिन पंचायत लगी। पूरे गाँव वाले एकत्रित हुए। रघु को भी पकड़कर लाया गया और वह लड़की पुष्पी जिसका घड़ा फूटा था, उसे भी डरा-धमकाकर पंचायत में बुलाया गया। अभी तक रघु को कुछ खबर न थी। वह अब तक न समझ सका था कि आखिर उसे क्यों पंचायत में उपस्थित कराया गया है। उसने कई लोगों से पूछा पर किसी ने उसे बताया नहीं। यह बात पुष्पी को मालूम हो गया था कि रघुवीर सिंह के सुनसान जगह में लड़कियो को छेड़ने और पत्थर से मारकर घड़ा फोड़ने के आरोप में पंचायत बैठाया गया था पर उसे यह पता न चल पाया था कि यह शिकायत पंचायत में किसने किया जबकि वह खुद शिकायत करने के पक्ष में न थी।

पंचों ने रघुवीर सिंह को खड़ा कर दिया। एक पंच ने पूछा- ''तुम कल सुबह लड़कियों के स्नान कर लौटते समय उन्हें छेड़ने और बेवजह पुष्पी के घड़ा फोड़ने का अपराध स्वीकारता हो या नहीं?''

रघु हक्का-बक्का रह गया। वह हड़बड़ाकर बोल पड़ा- ''न मैंने किसी को छेड़ा है न कभी किसी का घड़ा फोड़ा है और न ही किसी पुष्पी को जानता हूँ।

पंच- ''पुष्पी खड़ी हो जाओ!'' पुष्पी सकुचाते हुए उठ खड़ी हुई।''

पंच ने कड़ककर पूछा- ''क्या वह यही लड़का है जिसने तुम्हारा घड़ा फोड़ा?'' पुष्पी, रघु के हाथ में पत्थर देख चुकी थी। पुष्पी एवं उसके साथ अन्य कई लड़कियों भी उसे हाथ में पत्थर लिये देखा था और शिकायत करने वाला जो भी हो सब कुछ बयान कर दिया होगा। अब रघु को बचाने की कोशिश करना या झूठ बोलना अपने ही ऊपर गाज गिराना था। नहीं चाहते हुए भी भयवश उसने हाँ में सिर हिला दिया।

एक पंच ने डाँटा- ''यह पंचायत है इशारे नहीं चलते यहाँ। स्पष्ट

कहो।''

पुष्पी-''जी हाँ।''

एक पंच रघु से मुखातिब हुआ-''जिसका घड़ा फोड़ा उसे नहीं पहचान पाये?''

रघु- ''जी कल नदी के रास्ते में देखा था पर सच मानिए मैं इसके घड़े के विषय में कुछ नहीं जानता।'' रघु को अंदेशा हुआ कि जरूर कनुआ ने ही इसका घड़ा तोड़ा होगा और हाथ में पत्थर से खेलता मैं फँस गया। किन्तु अब तो उसका सिर ओखल में पड़ ही गया कनुआ को क्यों घसीट लाये। मन-ही-मन उसने कनुआ को कोसा- ''मना किया था कम्बखत को; मजा लिया उसने और सजा भुगतूँ मैं।''

एक पंच-''पुष्पी तुम जानती हो रघु को?''

पुष्पी- ''जी हाँ, हमारे ही स्कूल में पढ़ता था, दो कक्षा ऊँचा था... मगर इधर दो-ढाई सालों से नहीं देखती, कल एकाएक नजर पड़ी इस पर।''

दूसरा पंच- ''जब तुम इसे जानती थी और तुम्हारे साथ इसने अभद्र व्यवहार किया, तो तुमने पंचायत में इसकी शिकायत क्यों नहीं किया?''

पुष्पी- ''जी इसने मुझसे कोई अभद्र व्यवहार नहीं किया, इनसे तो आज तक मेरी बात भी नहीं हुई है।''

दूसरा पंच कड़ककर-''पुष्पी! जानती है तू सच छुपाने का क्या हश्र होगा... तुम्हारी यह करतूत पूरे गाँव की नाक कटवा देगा।''

यहाँ इस गाँव का चलन नहीं कि शील की गिरी हुई कोई स्त्री यहाँ रहे और हम नहीं चाहते कि किसी एक के कारण इस गाँव का माहौल गंदा हो। क्या तुम्हें पता नहीं कि पूरा गाँव तुम पर थू-थू कर रहा है... कलंकणी है तू इस गाँव के लिए।''

स्वयं के लिए कलंकणी शब्द सुनकर पुष्पी सिहर उठी। वह रुआँसे स्वर में आँखों में आँसू रोके बोली-'' मैंने कल इसे रास्ते में हाथ में पत्थर लिये देखा था, फिर न ही इसने किसी को छेड़ा न ही इससे किसी ने बात की, इससे

ज्यादा मैं और कुछ भी नहीं जानती।'' और फिर वह फफककर रो पड़ी।

एक पंच- ''पत्थर लिये रघु खड़ा था तो कोई प्रेत पत्थर मार गया...।'' ''पुष्पी को रोते देख रघु को दया आ गयी। बेचारी की इज़्ज़त मुफ्त में मिट्टी में मिल रही थी। उसने शायद रघु को बचाने के खयाल से पंचायत में शिकायत न की, उसी का धरमदण्ड था। रघु को एक ओर कनुआ पर गुस्सा आ रहा था कि उसके कारण इस बेचारी पुष्पी की बेइज्जती हो रही है... उसकी नादानी ने बेकार का झमेला खड़ा कर दिया था, ऊपर से कोई निर्दोष फँस गया था। मन में आया उगल दे कनूआ की करतूत, पर दोस्ती पर तो लोग जान दे देते हैं। वह क्या थोड़ी-सी सजा नहीं झेल सकता। दोस्ती के नाम पर कलंक नहीं बनेगा वह। वह एक आदर्श स्थापित करेगा दोस्ती के नाम पर। उसने उठकर कहा ''पंचायत इस बखेड़े में ज्यादा समय नष्ट न करे, एक लड़की का घड़ा फोड़ने की जो सजा हो सुनाये, मुझे वह सजा स्वीकार होगी। और बात रही छेड़ने की तो पुष्पी के साथ जो लड़कियाँ थीं यदि उन्होंने इस बात की पुष्टि कर दी कि मैंने छेड़छाड़ किया है तो इसके लिए जो भी सजा होगी मुझे मंजूर है।'' अब आयी पुष्पी की सहेलियों की बारी। रघु के मासूम चेहरे को देखकर यह सोचने पर मजबूर हो गयीं कि बेकार में इस भले लड़के को चक्कर में डाला, हो सकता हो चिड़ियों को मारने के लिए चलाया गया पत्थर पुष्पी के घड़े पर इत्तेफाक से आ गिरा हो। जिन लड़कियों ने शिकायत की थी उन्होंने पंच से माफी माँगते हुए कहा- ''हम पंच से माफी माँगना चाहेंगे कि हमने इस मामले को बढ़ा-चढ़ाकर कहा, सच्ची बात यह है कि रघु को हमने हाथ में पत्थर लिये जरूर देखा, पर इसी ने पत्थर मारा हो यह नहीं जानते; रघु ने हमारे साथ कोई अभद्र व्यवहार नहीं किया।''

पंचों ने लड़कियों को डाँटते हुए कहा- ''पुष्पी पर लगाये कलंक के लिए पंचायत शर्मिंदा है, किन्तु पुष्पी या गाँव की अन्य कोई भी लड़की अपने साथ हुए अभद्र व्यवहार को छुपाये नहीं, क्योंकि पंचायत उसे अपराध मानती है और रघु को पत्थर मारने की सजा में यह फैसला सुनाती है कि रघु को एक घड़े का मूल्य पुष्पी को देना होगा, साथ ही पंचायत को पचास रुपये दण्ड स्वरूप देना होगा।'' पंचों का फैसला समाप्त हुआ कि कनुआ दूर से ही चिल्लाता आया- ''घड़ा मैंने फोड़ा है! घड़ा मैंने जान-बूझकर फोड़ा है, इस

बेचारे शरीफ को क्यों सजा देते हो, इसने तो मुझे इस कार्य के लिए रोका भी था। जब मैं शरारतवश लड़कियों को नदी में नहाते देखने से बाज न आया तो यह भला मानस राम राम कह वापस लौट रहा था। जब लड़कियाँ उस पेड़ से आगे बढ़ीं जिस पेड़ पर मैं छुपकर बैठा था, तब मैंने पीछे से पत्थर मारा था; सजा मुझे चाहिए, बेचारा रघु दोस्ती के नाम पर बलि का बकरा बना।'' कन्हाई दास के इतना कहते ही पंच आग बबूला हो गये। लड़कियाँ, जिन्होंने उस दिन सामूहिक स्नान किया था शर्म से पानी-पानी हो रही थीं। सभा समाप्त होने पर सभा से उठकर जाते लोग थम गये और पंच के आदेशानुसार फिर पंचायत शुरू हुई। पंच बौखलाये हुए थे। उनमें से एक ने कहा- ''तुझे कठोर दण्ड मिलेगा।''

कनुआ मासूमियत और शराफत से बोला- ''पहले यह तो मालूम हो कि मैंने अपराध क्या किया है।''

एक पंच खड़े होकर गुस्से से सूखे पत्ते की तरह काँपते हुए कर्कश स्वर में बोले- ''दुष्ट! गाँव की लड़कियों को नहाते देख तुझे शरम नहीं आयी, तुम जैसे अधम को डूब मरना चाहिए चुल्लू भर पानी में। नीच! कमीने! शहर जाकर यही सभ्यता सीखा तुमने; ऐसी अश्लीलता, यही शिष्टाचार है तुम्हारा; तुम शहर जाकर अभद्र हो गये हो। आई0ए0बी0ए0 पढ़ लिये, पर इतना भी तमीज न सीख सके। अक्षम्य अपराध किया हैं तुमने, इसे कठोर सजा मिलना चाहिए।'' वह अपनी भड़ास निकालकर सरपंच की ओर मुखातिब होकर बोला- ''सरपंच से आग्रह है कि इस दुष्ट को कठोर सजा सुनाया जाय।''

सरपंच गम्भीर बैठे थे... उन्होंने कहा- ''पंचायत के नियम के अनुसार कोई गवाह है इस बयान का?''

सभी दंग रह गये। तभी एक अन्य पंच ने कहा- ''रघु तो साथ में था, उसे इस नापाक काम के लिए मना भी किया था, वह तो गवाह है ही।'' बीच में ही कन्हाई दास बोल पड़ा- ''वह बेचारा रघु क्या गवाह बनेगा, उसने तो मुझे बचाने के लिए खुद अपने सर इल्जाम लिया, वह गवाह बनकर मुझे क्या सजा दिलायेगा। गवाह तो मैं खुद हूँ... हाँ मैं स्वीकारता हूँ कि मैंने पेड़ पर छिपकर लड़कियों को नहाते देखा।''

सरपंच- ‘‘तो फिर सजा सुनो।’’

कन्हाई दास- ‘‘सजा कहो का सरपंच साहब; पंचायत से सबसे पहले मैं यह जानना चाहूँगा कि हमारे श्रीकृष्ण जब गोपियों को वस्त्रविहीन नहाते देखते थे, उनके कपड़े चुराकर ले भागते थे, यह जानते हुए कि यह अपराध है, उन्हें तब किसी ने सजा नहीं सुनायी।’’

कन्हाई के इस अचम्भित कर देने वाले सवाल से सभी एक-दूसरे को देखते रह गये। तभी एक पंच ने कहा- ‘‘तब के नियम-विधान कुछ और थे अब का सोच, नियम अलग है।’’

कन्हाई दास- ‘‘मानता हूँ; तब तो आज कृष्ण के चोरी या बालाओं के नंग-धड़ंग नहाते देखने के प्रसंग को पढ़कर लोग वाह-वाह क्यों कर पड़ते हैं? क्यों बार-बार उसी अध्याय को पढ़-पढ़कर जय श्रीकृष्ण, कृष्ण की लीला अपरम्पार कहते नहीं अघाते? क्यों नहीं उस अध्याय को बंद कर दिया जाता है? आज मैंने क्या किया; वही तो किया जिसे लोग पढ़कर वाह वाह कर बैठते हैं। मेरी आँखें हैं, देखने के अलावा और काम ही क्या है इनका। उस दृश्य को, जिससे आनन्द मिले, देखने में क्या बुराई है आँख तो आनन्द के लिए हैं ही, देखकर आनन्द लेने के लिए। मैंने देखा; न मैंने किसी को परेशान किया, न ही मेरे देखने से उनके किसी काम में बाधा हुई, न ही उनमें कोई परिवर्तन आया, न ही उनको कोई परेशानी हुई, न ही शारीरिक, मानसिक दुःख और न ही किसी तरह की हानि... फिर मैंने ऐसा क्या कर दिया जिसके लिए मुझे सजा देने के लिए आतुर हैं।’’

पंच और सरपंच को ढूँढ़ते कुछ जवाब न मिला। तभी सरपंच साहब ने कहा- ‘‘नंगी तस्वीरें देखना तक बुराई है और तुमने तो...।’’

कन्हाई-‘‘तो गंदी तस्वीरें बनती ही क्यों हैं? आँख है तो लोग देखेंगे ही। फिर ये तस्वीरें बनती क्यों हैं, बक्से में सजाने के लिए। इस तरह की फिल्म क्यों बनती है? तो फिर कम-से-कम इस गाँव में फिल्म देखने वाले हर व्यक्ति को सजा मिलनी चाहिए; अब तो हर घर में आपको अश्लील तस्वीरें देखने को मिलेंगी।’’

सरपंच- ''नंगी तस्वीरें बुरी होती हैं और बुरी चीजें देखना बुराई है।''

कन्हाई दास- ''नहीं सरपंच साहब; आज लोगों की भावनाएँ बुरी हो गयी हैं, उनका हृदय कलुषित हो गया है, लोगों की मानसिकता संकुचित हो गयी है अन्यथा आज भी लोग खजुराहो और अजन्ता-एलोरा की गुफाओं में घूमने जाते हैं और सभी परिवार के साथ; और तब वहाँ जाने से संकुचित मानसिकता पर पड़ा परदा हट जाता है... और अगर आप अब भी उचित समझें तो अपराध समझे जाने वाले इस कार्य के लिए मुझे हर सजा स्वीकार है।''

पंचों ने उसकी बातों को सोचा-समझा और उसके तर्क के सामने सभी पंच निरुत्तर हो गये। पंचों को सभा समाप्त कर भागने में ही समझदारी जान पड़ी।

रघु- ''वाह कनुआ! पंचायत में तुमने तो कमाल ही कर डाला।''

कन्हाई दास- ''कमाल क्या करूँ रघु, इस गाँव की संकुचित मानसिकता को बदलना चाहता हूँ, दो अक्षर पढ़ा हूँ इसी को बाँटना चाहता हूँ। अब तक गाँव की लड़कियाँ इस मानसिकता से ग्रसित स्कूल नहीं जाती हैं। मेरा ऐसा करना शरारतीपन नहीं बल्कि मेरे अंदर गाँव के विकास की प्रेरणा कार्य कर रही है।''

रघु- ''अच्छी बात है, चलो अभी से ही गाँव की विकास की बात सोचते तो हो।''

कन्हाई दास- ''सिर्फ सोचता हूँ?''

रघु-''मुझे विश्वास है तुम करोगे भी, पर फिलहाल यह तो सोचो कि जमशेदपुर (शहर) कब जा रहे हो?''

कन्हाई -''जमशेदपुर! क्यों?''

रघु- ''पढ़ने और क्यों; ऐसे पूछ रहे हो जैसे बिलकुल अनभिज्ञ हो।''

कन्हाई-''अब न जा सकूँगा मैं।''

रघु-''क्यों?''

कन्हाई-''बाबूजी ने कह दिया अब घर गृहस्थी सँभालूँ।''

रघु-''अभी तो जिन्दगी पड़ी है घर-गृहस्थी सँभालने को, पहले पढ़ाई तो पूरी कर लो।''

कन्हाई-''अब तक जितना पढ़ सका पढ़ लिया, अब बूते में नहीं आती।''

रघु-''अरे तुमने पढ़ा ही कहाँ है, इण्टर पास भी तो न किया... चल अबकी बार तुम्हारी बारी है, पहले तुम्हें इण्टर पास कराऊँगा, फिर दोनों आगे की पढ़ाई साथ-साथ पढ़ेंगे।''

कन्हाई-''कहाँ से आयेंगे खर्चें, घर से फूटी कौड़ी भी मिलने से रही।''

रघु-''मेरे लिए कहाँ से आये थे पैसे... फिर दोनों मिलकर कमायेंगे। और क्या।''

कन्हाई-''न जी इतनी दिक्कतें अब न झेल सकूँगा मैं।''

रघु- ''अब बस टूट गयी हिम्मत!''

कन्हाई- ''भूखा पेट कब तक हिम्मत बाँध सकेगा और फिर पढ़-लिखकर कौन-सा नौकरी कर लूँगा मैं नौकरी के इस मारा-मारी के दौर में... आखिरकार हल ही तो चलाना है गाँव में।''

रघु-''अभी पढ़ाई का समय है कन्हाई, फिर तो चाहे हल चलाना पड़े, मजदूरी करना पड़े या फिर समय ही जाने क्या सोच रहा है हमारे लिए। पढ़ाई का मौका हाथ से निकल जास तो जीवन भर कोसना न पड़े नसीब को।''

कन्हाई-''हमारे नसीब को कोसने जैसी चीज है ही क्या यहाँ   तो   पूरा मैदान साफ हैं।''

रघु- ''मैं ज्यादा तर्क करना नहीं चाहता, परसों तैयार रहना जाने को।''

कन्हाई, रघु का हाथ थामते हुए बोला-''काहे को ओखल में सिर दिलाता है; मैं जानता हूँ वहाँ हमारे खर्चे नहीं चल सकते, पर इतना तो जरूर

कहूँगा तू जाकर पढ़ फिर मैं हूँ न आगे-पीछे, गाँव में मेहनत-मजदूरी से जो भी जुटा पाऊँगा पर भेजूँगा जरूर। तू पढ़... तू पढ़ लेगा, समझूँगा मैंने भी पढ़ लिया।''

रघु-''तू ही तो मेरी हिम्मत है कनु, अकेले में वहाँ टिक सकूँगा?''

कन्हाई-''तुझे टिकने के लिए ही तो मैंने यह कदम उठाया है; जो भी कमाऊँगा सब तुम्हारी पढ़ाई पर समर्पित कर दूँगा।''

रघु-''नहीं कनु, तुम्हारे घर की माली हालत भी तो अच्छी नहीं।''

कन्हाई- ''काहे को बरबाद करता है इतनी अच्छी पढ़ाई की नींव।''

रघु-''और क्या करूँ...।'' उसने ठण्ढी आहें ली।

कन्हाई -''मुझे हिम्मत बँधाते हो और खुद... कहीं तुम यह तो सोच नहीं रहे कि नामांकन के पैसे कहाँ से आयेंगे?''

रघु-''नहीं, पहले तो मैं यह सोच रहा हूँ कि कैसे तुम्हें इण्टर पास कराऊँ। फिर आगे सोचा जायेगा।''

कन्हाई- ''क्यों जिद पर अड़ा है, कोई फायदा नहीं इस लाश को ढोने से; इसको ढोता फिरेगा तो तू भी अपनी मंजिल तय करने से रह जायेगा।''

रघु-''जिसकी बदौलत मैंने इण्टर पास किया वह लाश नहीं हो सकता... वह एक शक्ति है और मैं इस शक्ति को छोड़कर कहाँ तक चल सकूँगा।''

कन्हाई- ''फिर ललकारने लग गये; कोई फायदा नहीं, हाँ तुम्हारे नामांकन के लिए मैंने इंतजाम कर रखा है।''

रघु ने आश्चर्य से पूछा- ''कहाँ से आये पैसे?''

कन्हाई-''ऐसे रौब से पूछते हो जैसे डाका डालकर लाया हूँ।'' कुछ पल रुककर कन्हाई अपनी आन्तरिक खुशी को दर्शाते हुए बोला- ''गोला (भूरे रंग का बैल) को बेच दिया।''

रघु- ''सिर्फ मेरे लिए!''

कन्हाई- ''नहीं अपने लिए। सात सौ मिले, पाँच सौ रुपये तू ले जाना,

दो सौ मेरे काम आयेंगे।''

रघु-''फिर हल कैसे चलेगा?''

कन्हाई-''बरसात आने से पहले उपाय कर लूँगा।''

रघु-''काहे को रिस्क लेता है, बरसात तक फिर पैसे न जुटा पाये तो?''

कन्हाई- ''इस बरसात तक न सही अगली बरसात तक जुटेंगे ही; दो साल त्योहार न मनाऊँगा, साल भर के इतने सारे त्योहारों से काफी कुछ बच जाता है।''

रघु-''खुशियों में कटौती।''

कन्हाई ने मजाक किया- ''मार डालोगे क्या; क्या पेट में कटौती करूँ?'' पर रघु न हँसा।

कन्हाई-''इन खोखली खुशियों में क्या रखा है, सच्ची खुशी तो मुझे तब मिलेगी जब पढ़-लिखकर तू साहब बनकर इस गाँव की धरती पर कदम रखेगा... उस दिन मेरे लिए जीवन का सबसे बड़ा त्योहार होगा। तू साहब बन जायेगा फिर क्या, रोज त्योहार मनाऊँगा; तीन सौ पैंसठों दिन; मेरी सबसे बड़ी खुशी यही होगी।'' और फिर कन्हाई बिलकुल गम्भीर हो उठा।

मामला तय हो चुका था। जाने का दिन भी आ गया। कन्हाई दास किसी भी तरह से रघु के साथ जाने को तैयार न हुआ क्योंकि वह इस हकीकत को जानता था कि वहाँ दो व्यक्तियों का खर्च कदापि न चल सकेगा।

यह बात कि कन्हाई ने रघु को बैल बेचे हुए पैसों में से पाँच सौ रुपये दे दिये, कन्हाई के पिता को मालूम हो गयी। बात मालूम होते ही वे लाल-पीले होने लगे। घर में खाने को लाले पड़े हैं और इसका बड़प्पन तो देखो। यह सुनकर कन्हाई को उसके पिता रात भर ताने देते रहे। कन्हाई इस आशंका से सहम उठा कि कहीं रघु को यह पता न चल जाय कि उसे पैसे देने से उसके पिता काफी नाराज हैं,तो रघु पैसा भी न लेगा, इसलिए वह रात में ही उठकर रघु के पास चला गया और यह बहाना बनाया कि कामयाबी के लिए गाँव से बाहर जाते समय गाँव के किसी व्यक्ति का चेहरा दिखना अपशकुन होता है। हालाँकि इस बात से रघु को बड़ा आश्चर्य हुआ कि अंधविश्वास का खण्डन

करने वाला कन्हाई आज स्वयं अन्धविश्वास की मान्यता दुहरा रहा है। फिर भी कामयाबी के प्रश्न को लेकर और कन्हाई का दिल रखने के खयाल से इस विषय पर कोई तर्क किये बिना रात्रि का तीसरा पहर समाप्त होते ही अपना सामान समेट दोनों निकल पड़े। रास्ते में उन दोनों में कोई बातचीत न हुई। कारण चुपके जाना था, नजर को किसी व्यक्ति के चेहरे से बचाना था।

कन्हाई, खेत क्यारियाँ पार करते हुए रघु को दूसरे गाँव तक छोड़कर सुबह होते-होते लौट आया। घर आते ही कन्हाई का फटकारों से स्वागत हुआ। कन्हाई के पिता आँखें लाल किये दुतकारे, धिक्कारे जा रहे थे। ''आ गया धर्मात्मा बेटा, जरा आरती उतारूँ इसकी। क्या जरूरत थी उसे पैसे देने की, पाँच सौ रुपया कोई छोटी रकम है, कभी पाँच सौ रुपया कमाया अपने हाथों। झट पैसे निकालकर दे दिया। तनिक सोचा भी नहीं, मुझसे पूछा भी नहीं; हाथ नहीं काँपे तेरे उसे पैसे देते... काँपते कैसे पाँच साल जो हाँकता फिरा इस बूढ़ी हाथों की लाठी ने इसे क्या मुफ्त का माल समझा होगा। मैंने समझा पढ़-लिखकर होशियार हो गया है, पर मुझे क्या पता था कि तू इतना नालायक है, ऐसा जानता तो पढ़ाता ही नहीं; दो अक्षर क्या शहर जाकर पढ़ लिया बाप को ही बेवकूफ समझने लगे; कल जब पेट जलेगा तक समझ में आयेगी एक-एक पैसे की कीमत।''

पिता के कटु शब्दों से कन्हाई दास को कोई मलाल न था, क्योंकि उनका गुस्सा वाजिब था, दुनिया देखी है उन्होंने, दुनियादारी का कटु अनुभव कन्हाई दास से कहीं अधिक था उनको... उनके बाल यूँ ही सफेद न पड़ गये थे। आखिर पाँच वर्ष लगातार इन बूढ़े हाथों ने सेवा जो की थी गोला की तो तकलीफ होना लाजमी था। पाँच वर्ष की सेवा का फल हाथों में आने से पहले कन्हाई ने डूबो दिये थे। अब चाहे जो हो पर कन्हाई दास पिता के तिरस्कार के बीच भी एक अजीब-सी आत्म तुष्टि का अनुभव कर रहा था। उसे परम शांति मिल रही थी कि उसने एक बहुत बड़ा कर्त्तव्य निभा दिया है... अब चाहे आग लगे या पानी बरसे, कन्हाई दास ने भी कमर कस ली थी जूझने को।

पिताजी की फटकार सुन कन्हाई बिना कुछ खाये कुदाल लेकर अपने खेतों की ओर चल पड़ा। दोपहर हो गयी वह खाना खाने भी न आया... यह देख उसके पिता गुस्से से बड़बड़ाये जा रहे थे। उनकी बड़बड़ाहट सुन पड़ोस

की एक बुजुर्ग महिला ने कन्हाई के पिता को टोका- ''अपने कनुआ को क्यों कोसे जा रहे हो कनुआ के बापू?''

''आने दो नमक हराम को आज जूता खोलकर मारूँगा।'' कन्हाई के पिता ने उफनते हुए कहा।

बुजुर्ग महिला ने कन्हाई के पिता को समझाते हुए कहा- ''इस तरह जवान बेटा को दुतकारा जाता है क्या... अब वह बच्चा नही रहा जो तुम्हारी हर बात आँख मूँदकर मान ले। एक ही तो सहारा है तुम्हारा, गुस्से में आकर नये खून का लड़का कहीं कुछ कर बैठा तो माथा पकड़कर रोते रहना।''

पिता- ''नहीं रोता मैं ऐसे नालायक के लिए, भला बताओ तो सही कौन-सा महान काम किया उसने जिसके लिए मैं रोऊँ।''

बुजुर्ग महिला- ''कनुआ की माँ आज यदि जिंदा होती तो न जाने देती उसे इस तरह भूखा-प्यासा भटकने को।''

पिता- ''यही कह-कहकर तो आप लोगों ने उसे सह दे रखा है; माँ जीवित होती तो इस तरह बेकार भी न होता, सर का बोझ हो गया है वह मेरा।''

बुजुर्ग महिला- ''ऐसी बातें नहीं कहते, इकलौता चिराग है कुल का तुम्हारा, तुमने कभी यह नहीं सोचा कि वह तुमसे माँ और पिता दोनों का प्यार भी चाहता है; जाओ उसे ढूँढ़कर पहले उसे खाने के लिए बुला लाओ।''

पिता-''नहीं जाता मैं; जिसका पेट जल रहा हो उसे चिंता नहीं। आयेगा, भर थाली खायेगा और फिर मारा-मारा भटकता फिरेगा।''

कन्हाई दिन भर बिना समय गँवाये मेहनत से अपना खेत तैयार करता रहा। शाम को जब पिता का जी घबराने लगा तो उठकर कन्हाई की खोज में निकले। उन्हें अधिक परेशान न होना पड़ा। किसी ने बताया कि कन्हाई फलाँ जगह खेत में काम कर रहा है। उसके पिता को बड़ा आश्चर्य हुआ। जी में आया चलकर देखा जाय कितने घास उखाड़े उसने। जाकर देखा तो आँखें खुली-की-खुली रह गयीं। खेत काट-छाँटकर ऐसा सजाया गया था जैसे-कोई विद्यार्थी अपनी किताबें सजाता है।   बेटे के प्रति मलाल तत्क्षण प्यार में

परिणत हो गया, बोले- ''यदि मेरी इतनी-सी फटकार से मेरा एक-एक खेत रोज इसी तरह सजता रहे तो मैं तुझे रोज इसी तरह फटकारा करूँगा।'' पिता के मुख से प्यार भरी बातें सुनकर कन्हाई दास की भूख-प्यास सब मिट गयी। वह खुशी से गद्गद हो उठा था। एकाएक पिता कड़ककर बोले- ''गधा कहीं का, जाओ जाकर पहले खाना खाओ, गधा भर का हो गया अकल नहीं हुआ कि काम करने के लिए खाना जरूरी है।'' एक ओर जहाँ ऐसा सुन्दर खेत देखकर उसके पिता का हृदय झूम उठा वहीं दूसरी ओर बेटे का थककर कुम्हलाया शरीर देखकर हार्दिक वेदना भी हुई। बेटे को गले लगाने के लिए उनकी बूढ़ी बाँहें आतुर हो रही थीं।

दूसरे दिन कन्हाई फिर अपने दूसरे खेत में काम करने चल पड़ा। वहाँ पहुँचते ही जैसे पुष्पी उसके इंतजार में खड़ी थी।

कन्हाई- ''अरे पुष्पी तू यहाँ खड़ी क्या करती हो!''

पुष्पी- ''भैंस चराती हूँ जी।''

कन्हाई को मजाक सूझा, बोला- ''तुम कितनी भैंसें होती हो?''

पुष्पी नाक-भौं चढ़ाकर बोली- ''क्या मैं तुझे भैंस नजर आती हूँ?''

कन्हाई हँसी दबाते हुए बोला- ''नहीं तो।''

पुष्पी- ''तो फिर मुझे भैंसो में क्यों गिना?''

कन्हाई- ''मेरा मतलब तुम्हारी कितनी भैंसे हैं?''

पुष्पी- ''आँखें हैं फिर भी नहीं दिखता।''

कन्हाई- ''एक आँख से खेत देख रहा हूँ और दूसरी से तुझे; फुरसत ही नहीं भैंसों को देखने की और फिर क्यों देखें इन काली-कलूटी भैंसों को, उन्हें देखने से क्या फायदा।''

पुष्पी- ''और मुझे देखने से क्या फायदा?''

कन्हाई- ''बिन फायदा कोई किसी को क्यों देखे भला।'' पुष्पी नाक-भौं सिकोड़ी।

पुष्पी- ''जरा मैं भी जानूँ मुझे देखने से तुझे क्या फायदा।''

कन्हाई- ''अजी मैं कहाँ देखता तुम्हें, पर इन आँखों को पता नहीं क्या सूझी कि सब कुछ छोड़ तुझे ही देखने को दौड़ पड़ती हैं।''

पुष्पी- ''मैं खूब समझती हूँ तुम्हारी इन आँखों को।''

कन्हाई- ''भगवान का लाख-लाख शुक्र है कि तुम इन आँखों की भाषा को समझ सकी हो।''

पुष्पी- ''अच्छा अब बता भी दो कि ये तुम्हारी आँखें कौन-सी भाषा बोलती हैं?''

कन्हाई- ''अभी तुम बच्ची हो, तुझे इतनी समझा नहीं; चल हटा इन भैंसों को खेत से, मुझे काम करना है।''

पुष्पी- ''ये तुम्हारे खेत हैं?''

कन्हाई- ''तुझे क्या लगता है तुम्हारे बाबूजी के हैं?''

पुष्पी- ''मुझे क्या लगना जी, मैंने तो बस यूँ ही पूछ लिया।''

कन्हाई- ''दूसरों के खेतों में काम करना मजदूरी कहलाता है और मैं कभी मजदूरी कर ही नहीं सकता; मतलब?''

पुष्पी- ''मतलब ये खेत तुम्हारे हैं।''

कन्हाई कमीज खोलकर मेड़ पर रखते हुए बोला- ''चल यूँ ही बकबक करती रहोगी या भैंसों को हाँकोगी।''

पुष्पी खेतों से भैंसें हाँकने लगी... फिर यकायक बोली- ''ऐ कनुआ! अपना गुलेल लाये हो?''

कन्हाई- नहीं तो, क्यों?''

पुष्पी- ''देखो न ये कौए भैंसों को तंग कर रहे हैं, चरने ही नहीं देते। उड़कर सिर में सवार हो जाते हैं और ये कलमुँही भैंसे भी गरदन उठाकर ऊपर ताकने लगती हैं।''

कन्हाई- ''इसमें गुलेल की क्या जरूरत, ये तो ऐसे ही भाग जायेंगे।''

पुष्पी- ''''' कौन भगाता रहे बार-बार इन्हें, गुलेल की एक बार की मार से तो फिर इधर आने का नाम ही न लेंगे।''

कन्हाई- ''कौवों को मारना इतना आसान नहीं, ये काफी चंचल होते हैं।''

पुष्पी- ''तुम्हारा निशाना तो एकदम सटीक है।''

कन्हाई- ''नही तो।''

पुष्पी- ''तो फिर उस दिन नदी से घड़ा भरकर लाते समय इतनी दूरी से कैसे निशाना बना लिये, जो कहीं और न लगकर घड़े में ही लगा।

कन्हाई- ''हाँ कम-से-कम इतना खराब निशाना भी नहीं।''

पुष्पी ने मासूमियत से पूछा- ''तुमने इतनी छोरियों में से मेरे ही घड़े क्यों फोड़े?''

कन्हाई- ''तुम्हारा घड़ा सबसे सुन्दर था और तुम भी उन सबसे सुन्दर थी।'' पुष्पी शर्म से लाल हो गयी और चोटियाँ आगे कर चेहरा छुपाने की कोशिश करने लगी।

कन्हाई ने खेती-गृहस्थी पूरी तरह सँभाल ली थी। पहले से ज्यादा उपज होने लगी थी। कन्हाई की पढ़ाई आज जाकर काम आयी। वह उन्नत खाद-बीज का प्रयोक कर वैज्ञानिक ढंग से खेती करने लगा था। पहले जहाँ दाने-दाने को लाले पड़े थे, अब बोरों में बंद चावल से साल भर आराम से गुजर हो जाता था और उसी में से वह चावल, मडुआ का आटा आदि रघुवीर के लिए भी भेज देता था जैसे वह भी परिवार का एक अभिन्न सदस्य हो। उसके पास अभी भी पूँजी की कमी थी जिस कारण वह मनचाही फसल लेने में असफल था।

एक दिन उसके पिता ने कन्हाई को शादी कर लेने की बात कही- ''बेटा अब तो तुमने पूरी जिम्मेदारी सँभाल ली है, घर व्यवस्थित हो गया, खाने-पीने की कमी न रही, अब हम दोनों पके फल ठहरे, कब टपक पड़ेंगे कहा नहीं जा

सकता... हम दोनों की यही इच्छा है कि तुम ब्याह कर लो कि हम भी अपने कर्त्तव्यों से इतिश्री हो लें और इसी आँगन में अपना बचपना दुहरायें अपने नन्हे-नन्हे पोते-पोतियों के साथ।''

कन्हाई- ''हाँ पिताजी यह तो ठीक है, पर अभी मुझे बहुत कुछ करना है; खेतों में पम्प लगाना है, कुआँ खुदवाना है... फिर तो जिन्दगी पड़ी ही है।'' यह कहकर कन्हाई अपनी बात आसानी से टाल गया। वह कैसे कहता कि वह पुष्पी से प्यार करता है और पुष्पी के सम्पन्न पिता मुझ गरीब की झोली में कैसे अपने कोमल फूल को आँख रहते अंधे बनकर डाल देंगे। इसके लिए उनकी बराबरी में आना होगा, क्योंकि यह साधारण-सी बात है कि कोई भी अपने से गरीब घर में कन्या को ब्याहना नहीं चाहता। अभी रिश्ते की बात करना भी बेकार था, क्योंकि वह जानता था कि पहला सवाल यह उठेगा कि उसकी औकात क्या है। इसलिए कन्हाई, पुष्पी को पाने के लिए जी-जान से दिन-रात एक कर मेहनत किये जा रहा था।

यहाँ से जाने के बाद रघुवीर को अच्छे अंकों से पास होने पर स्कॉलरशिप मिलने लगी थी, साथ ही ट्यूशन के लिए बहुत से निमंत्रण आने लगे थे। इसके साथ ही उसकी अपनी पढ़ाई। वह इस दौरान इतना व्यस्त हो गया था कि पता भी न चला तीन साल कैसे गुजर गये... और न ही उसे इतने दिनों के बीच कभी एक दिन फुरसत निकालकर कन्हाई से मिल आने का संयोग आया। हालाँकि इस बीच उन दोनों का पत्र-व्यवहार होता रहा। कन्हाई आटा-दाल भेजता रहा, पर दोनों में से किसी को मिलने की फुरसत न मिली। एक दिन कन्हाई को रघु का पत्र मिला... लिखा था- बी0ए0 फाइनल परीक्षा के बाद फलाँ तारीख को गाँव आ रहा हूँ। पत्र पढ़ते ही जैसे उसे त्योहार का न्योता मिल गया हो। वास्तव में आज तक इन तीन सालों में कोई भी त्योहार इतनी खुशियाँ न दे सका था। आज तीन साल बाद उसका त्योहार आ रहा था। वह तैयारियों में जुट गया।

वह तारीख आयी। कन्हाई, रघु को लेने स्टेशन गया। जब तक गाड़ी आने की घण्टी नहीं लगी थी कन्हाई सामान्य रहा, पर घण्टी लगते ही उसके हृदय की धड़कनें तेज हो उठीं। मन-मस्तिष्क रघु के आने की कल्पना पर झूम उठा, उसकी बाँहें गले लगाने को मचल उठीं, आँखें चंचल हो उठीं। हृदय

अधीर हो रहा था। गाड़ी आयी। उतरने वाले एक-एक यात्री पर कन्हाई की नजरें फिरती रहीं और फिर यकायक एक यात्री पर आकर टिक गयीं। जैसे सम्मोहित कर दिया हो उस यात्री ने। कहते हैं पढ़े-लिखे का लीलार चमकता है। वही चमक, सफेद शर्ट, रंगीन पैण्ट-बेल्ट जूते पुराने थे पर गहरी पॉलिश से चमक उठे थे। कन्हाई का ध्यान उस पर ऐसा था जैसे- किसी साधु का शून्य पर।

रघु- ''ओ कन्हाई! ''रघु की आवाज से कन्हाई का ध्यान भंग हुआ। वह दौड़कर उसके गले से लिपट गया। आह! वर्षों के प्यासे को आज पानी नसीब हुआ। हृदय तर हो उठे।

कन्हाई- ''अरे रघु तुम तो पूरे साहब लग रहे हो।''

रघु-''सच्ची?''

कन्हाई-''उसकी कसम।''

रघु- ''उसकी कसम! यह कौन बला है?''

कन्हाई- ''है न तुम्हारी भाभी।''

रघु- ''मतलब तुम्हारी ढोल बज चुकी।''

कन्हाई- ''बजी नहीं पर कभी तो बजेगी ही।''

रघु- ''मतलब होने वाली... अभी से ही उसकी कसम हा हा...!

दोनों ठहाका लगाकर हँस पड़े।

रघु- ''पर है कौन क्या मैं जान नहीं सकता?''

कन्हाई- ''मेरे सब राज तो जानते ही हो पर इस राज को तो राज ही रहने दो।''

रघु- ''बेताबी होती है, बता दो।''

कन्हाई- कुछ दिन और सब्र करो, अपनी आँखों देख लेना।''

रघु- ''दिखने में कैसी है?''

कन्हाई- ''बहुत ही खूबसूरत, साँवली-सी।''

रघु- ''काश! एक झलक ले पाता।''

कन्हाई- '''' अधीर क्यों होते हो, एक क्या कई झलक मिलेंगे पर मैं बताऊँगा नहीं; यदि पहचान सको, तो पहचान लेना।''

रघु- ''मुझे पहचानने में एक पल भी न लगेगा; एक बार उसकी आँखें देख लूँ तो उसकी आँखों में तुम्हारी तस्वीर तो दिख ही जायेगी।''

कन्हाई-''सावधान! किसी दूसरे-तीसरे से ये बातें मत कह बैठना अन्यथा पीटे जाओगे।''

रघु-''एक बात समझ में न आयी।''

कन्हाई-''क्या?''

रघु-''तुम्हारी सकल तो ठीक है पर इस घुटने तक धोती पहनने वाले को वह पसंद कैसे कर ली?''

कन्हाई-''तुम्हारे शहर में फुलपैंट चलती होगी, यहाँ गाँव के युवकों पर तो इसी धोती में लड़कियाँ जान छिड़कती हैं।''

रघु-''अच्छा... कहीं ऐसा न हो कि मेरे पैंट-शर्ट देखकर तुम्हारी वो मुझ पर लट्टू हो जाय, फिर तो तुम्हारी धोती तनकर घुटनों के और ऊपर चढ़ जायेगी। हा हा हा...।'' दोनों हँस पड़े।

कन्हाई-''अच्छा अपनी बातओ तुम्हारी पढ़ाई कैसी चल रही है?''

रघु- ''बहुत अच्छी; बी.ए. की फाइनल परीक्षा दे आया हूँ और वकालत में नामांकन की तैयारी भी कर लिया है। मैंने सोचा वकालत की पढ़ाई शुरू करने के बाद फुरसत नहीं मिल पायेगी। ऐसे तुमसे मिले तीन साल हो गये सोचा अबकि लगभग महीने भर की फुरसत है मिल आऊँ नहीं तो अगले ढाई-तीन साल फिर मिलने की फुरसत न मिल सकेगी।''

कन्हाई-''मैं तो खर्चा न भेज सका इसका मुझे अफसोस है।''

रघु-''कोइ बात नहीं, तुम्हारे उस पाँच सौ रुपये ने तो मेरे नसीब खोल

दिये; जाते ही स्कॉलरशिप मिलना शुरू हो गयी और फिर ट्यूशन के लिए भी काफी बुलावा आने लगा, अब तो ट्यूशन से ही मेरा सारा खर्चे चलती है और इन सबसे बड़ा खर्चा तुमसे प्यार है, तुम्हारी प्रेरणा है और तुम्हारा प्रोत्साहन व आत्मविश्वास है, जो मुझे हर परिस्थिति से जूझने की शक्ति प्रदान करता है।'' इन्हीं आपसी बातों में वे दोनों कब घर पहुँच गये। पता ही न चला।

दूसरे दिन नाश्ता कर लेने के बाद दोनों इत्मिनान से हुए।

कन्हाई-''रघु! आज तू साथ में है तो फिर शरारत करने को दिल करता है।'' रघु जैसे घबरा गया, बोला- ''मरवा डालेगा क्या... तब तो बच गया पंचायत से, अब कि न जाने क्या गति होगी... न बाबा न कान पकड़ूँ मैं नहीं साथ देने वाला तुम्हारी शरारतों में।''

कन्हाई-''शरारत करने में क्या मजा है तुझे क्या पता।''

रघु- ''मजा है या सजा यह तो तुम ही जानो, शरारत में मुझे मजा नहीं लेना। यदि खेतों में कुछ काम-धाम हो तो बता साथ-साथ कर दूँगा।''

कन्हाई व्यंग्यपूर्ण लहजे में बोला- ''तु काम करेगा और कहीं नहीं तो खेतों में।''

रघु- ''तुम क्या सोचते हो नहीं कर सकता?''

कन्हाई गर्व से बोला-''बिलकुल नहीं जी।

रघु- ''आजमाकर देखोगे?''

कन्हाई -''तो फिर चल खेतों में ही इसका निर्णय होगा, तुझे भी देखूँ जरा आज।''

रघु तनकर बोला- ''चलो।'' और फिर दोनों उठ खड़े हुए, जैसे उन्होंने एक-दूसरे को चुनौती दे डाली हो। रघु ने कुदाल पकड़ा और कन्हाई ने कमर में गुलेल खोंसी और फिर दोनों जा पहुँचे खेतों में।

रघु- ''जितना काम हो उतना ही कराना नहीं तो उतावलेपन में मेरी मेहनत बेकार न जाये... बस उतना ही कराओ जितने खेतों को फायदा हो।''

कन्हाई-''काम तो भरपूर है, पूरे खेत कोड़ने हैं; तुम आये हो तो सोचा तुम्हारे साथ कुछ मस्ती कर लूँ, आराम कर लूँ और थोड़ी शरारत कर खुशियाँ मना लूँ, पर तुम तो खुद खेतों में काम करने को तैयार आ खड़े हुए हो।''

रघु-''शरारत करने से तुझे खुशियाँ मिलती हैं?''

कन्हाई-''बेसक! अद्भुत आनन्द की प्राप्ति होती है।''

हा हा.... दोनों हँस पड़े।

रघु- ''यह गुलेल क्यों ले आये हो? खेतों में काम भी करते हो या शरारत करते फिरते हो? याद है तुम इसी गुलेल के कारण पंचायत में खड़े हुए थे।''

कन्हाई-''हाँ याद है, पर गुलेल रखना आदत-सी हो गयी है, इसके बिना थकान ही नहीं मिटती।''

रघु ने आश्चर्य से पूछा- ''गुलेल से थकान भी मिटती है, बड़ी अजीब बात है, अब तक तो नहीं सुना ऐसा।''

कन्हाई-''हाँ मिटती है... जब लगातार काम करते थक जाता हूँ तब थकान दूर करने के लिए अगल-बगल की झाड़ियों में एक चक्कर लगा लेता हूँ और जहाँ कहीं भी चिड़ियाँ दिख पड़ीं निशाना भी लगा लिया और भोजन की पूर्ति भी हो गयी; मनोरंजन हुआ सो अलग।''

रघु- ''देखना भई मुझे तो डर है कहीं तुम फिर कुछ शरारत न कर बैठो।''

कन्हाई- ''तू व्यर्थ डरता है, अब मैं बच्चा नहीं गाँव के इज्जतदारों की पंक्ति में आ खड़ा हुआ हूँ, ऐसी कोई छिछोरी हरकत नहीं करूँगा कि इज्जत पर आँच आये। आखिर वर्षों की मेहनत के बाद लोग मुझे थोड़ी-सी इज्जत की नजर से देखते हैं। अच्छा अब मुझे बातों में ही उलझाये रखोगे या मुझे अपना पौरुष भी दिखाओगे।''

रघु-''इस छोटे से काम में पौरुष की क्या बात है, ऐसा खेतों में काम तो गाँव का हर एक बच्चा तक कर लेता है, तुम कहते हो तो लो अभी उतरता हूँ

मैदान-ए-जंग में।'' दोनों ठहाका लगाकर हँस पड़े। रघु कुदाल सँभालकर डट गया खेतों में। कन्हाई ने देखा रघु ठीक ढंग से कुदाल भी न पकड़ सका है जिससे उसकी कुछ शक्ति काम में लग रही है और आधी व्यर्थ ही बरबाद हो रही है। वह कभी इधर कुदाल चलाता कभी उधर, कभी और कहीं। यह देखकर कन्हाई को हँसी आ गयी। उसने अपनी हँसी रोककर कहा- ''रघु! तू काम कर मैं जरा इन झाड़ियों का चक्कर काट लूँ, शायद कोई चिड़ियाँ हाथ लग जाय। जब तक मैं आता हूँ तू काम कर, देखता हूँ मेरे आते तक कितना कोड़ सकते हो।''

रघु- ''ठीक है पर जल्दी आना।''

कन्हाई- ''बस एक चक्कर अभी सरपट लगाया।'' कन्हाई झाड़ियों के पीछे पेड़ पर चढ़कर रघु का फूहड़ काम देखकर मुस्कराता रहा।

उसी रास्ते चार तरुणियाँ एक साथ आपस में बातें करती भोजन की पोटली लिये खेतों की ओर जा रही थीं। जब उन चारों की नजर खेत में उलटी-सीधी कुदाल चलाते रघु पर पड़ी, तो खिलखिलाकर हँस पड़ी। उन्हीं में पुष्पी भी शामिल थी। एक ने मजाक किया- ''अरे पुष्पी! देख तो भला वह कौन अनाड़ी सूट-बूट लगाकर खेतों में काम करने उतर पड़ा है।''

पुष्पी- ''नहीं जानती? कनुआ (कन्हाई) का सखा, शहर में आया है पढ़कर।''

दूसरी-''लगता है कभी देखा हैं इस चेहरे को।''

पुष्पी- ''क्यों नहीं, अरे यह वही है जिसकी शिकायत तुमने पंचायत में की थी।''

सखी- ''बउआ रे, वह रघु इतना बदल गया बुद्धू!''

सभी फिर खिलखिलाकर हँस पड़ी। खिलखिलाहट की आवाज सुनकर रघु भी सीधा खड़ा होकर कमर पर हाथ दिये उन बालाओं को देखने लगा।''

एक लड़की-''अरे यह तो इधर ही घूर रहा है।''

दूसरी- ''तू क्या सोचती है, यह हम गँवारिन पर लट्टू हो रहा है; शहर में

एक से बढ़कर एक अपसरा कमर लचकाती गली-गली फिरती हैं।''

तीसरी- ''हम क्या कम हैं।'' सभी फिर खिलखिलाकर हँस पड़े।

रघु को लगा ये लड़कियाँ शायद उसे ही देखकर हँसे जा रही है। उसने सोचा-खड़े होकर मजाक बनने से अच्छा है काम में व्यस्त हो जाय, वे अपने आप रास्ता देख लेंगी। वह कुदाल उठाकर सिर झुकाये काम में व्यस्त हो गया जैसे वह पूरी तन्मयता से काम कर रहा हो। पर मामला ठीक उलटा हुआ। उसे पैंतरे बदल-बदलकर बे सिर-पैर के कुदाल चलाते देख उनकी हँसी थमने के बजाय और उन्मादी हो पड़ी। झाड़ियों के पीछे बैठे कन्हाई को रघु का मजाक बनते देख बड़ा बुरा लगा। यदि आज साथ में पुष्पी न होती तो जरूर वह उन मनचली लड़कियों को गुलेल का स्वाद चखाता।

पहली लड़की-''उस दिन तो बेचारा हमें बिना छेड़े पंचायत का मुजरिम हो खड़ा हुआ था, पर दिल करता है, इस सुन्दर छैला को आज हम जरूर छेड़ें।''

दूसरी ने चहककर कहा- ''ठीक सोचा, मैं भी यही चाहती हूँ, देखती हूँ इस शहरी को कितनी होशियारी है।''

पुष्पी- ''कनुआ कहता था बी.ए. सी.ए. पढ़ा है, मामूली समझती हो?''

तीसरी-''वही तो देखना है कितना पढ़ाकू है, हेकड़ी न निकाल दी तो फिर क्या।''

पुष्पी-''क्यों बेचारे पर खफा हो, उसने तो तुमको कुछ न कहा, न कभी कुछ बिगाड़ा है, आखिर उससे तुम्हारी क्या अनबन।''

एक- ''अरे हम तो सिर्फ उसका शहरीपन देखता चाहते हैं, उसे छेड़ने में बड़ा मजा आयेगा।''

पुष्पी-''छिः! तुम्हारी शरारत, बेचारे पर मुफ्त का जुल्म ढाओगी।''

कन्हाई को गुस्सा आ रहा था उन लड़कियों पर। उसे भय था कि ये शरारती लड़कियाँ कहीं रघु के पास जाकर अपनी जाहिलाना हरकत न दिखाने लगें। वह ऐसे मौके के तलाश में था कि वह उन्हें अपना रास्ता दिखा

सके। आखिर कन्हाई की मनोकामना पूर्ण हुई। फतुआ का साँड़ चरते-चरते लड़कियों से कुछ दूरी पर आ गया था। रघु का मजाक बना-बनाकर लड़कियाँ खिलखिलाने और ठहाके लगाने में इतना मशगूल थीं कि उन्हें पता भी न चला कि फतुआ का साँड़ चरते-चरते उनके पीछे आ खड़ा हुआ। इस साँड़ से गाँव के सभी लोग डरते थे। खुद फतुआ का इसे बाँधने में हाड़ काँपता था। बस थाड़ा-सा छेड़ने की देर थी। कन्हाई ने झाड़ी के पीछे से ही पुट्टे को निशाना बनाकर पूरी ताकत से गुलेल तान थी। ''बद्तमीज लड़कियाँ लो चखो स्वाद... और ये लगी चट....।'' साँड़ गुलेल की मार से तिलमिला उठा। गरदन उठाकर देखा। अगल-बगल सिवाय खिलखिलाती हुई लड़कियों के और कुछ न दिख पड़ा। फिर क्या था... सौसियाते दौड़ा। लड़कियों ने जब अपनी ओर सौसियाते साँड़ को दौड़ते देखा तो उनकी हवा ढीली हो गयी। भोजन की पोटली फेंककर जिसको जो रास्ता दिख पड़ा भाग खड़ी हुई। साँड़ चार दिशाओं में तो जा नहीं सकता, आखिर किसी एक ही को तो वह शिकार बनाता। बेचारी असावधान पुष्पी शिकार बनी। ऐसे मौके पर दिमाग भी जवाब दे जाता है। बेचारी पुष्पी को आस-पास कोई न दिखा तो बचाओ-बचाओ चिल्लाते बेतहाशा भागी रघु की ओर। वहाँ और तो कोई न था जो उसकी आवाज सुनकर आगे आता। यदि कोई होता भी तो कम से कम उस साँड़ के सामने आने की जुर्रत न करता। रघु इस साँड़ से अपरिचित था। सोचा कुदाल देख साँड़ डरकर भाग जायेगा और लड़कियों में उसकी वाहवाही होगी। उसने झट कुदाल सँभाला और दौड़ पड़ा नारी रक्षा को। रघु को कुदाल सँभाले आगे बढ़ता देख कन्हाई दूर से ही चिल्लाया। ''भागो रघु भागो!'' अब इतना चिल्लाने की फुरसत कहाँ। रघु ने साँड़ को ललकारा। साँड़ पौरूष का प्रतीक होता है, वह भला कहाँ किसी की ललकार देख का पुरुष-सा पीठ दिखाने वाला था। इसको भी शायद इन स्त्री जात लड़कियों के बीच अपनी पौरुष प्रतिष्ठा का एहसास था। उसने रघु की चुनौती स्वीकार करते हुए पैंतरा बदलकर ऐसे सोसियाया की रघु के होश उड़ गये। शत्रु से युद्ध भूमि में घबरा जाना यही हार की बुनियाद है। साँड़ को समझते देर न लगी कि यह कोई नया खिलाड़ी है। साँड़ बिना अनुभव, बिना कला, यूँ ही अब तक विजय होता आया था। दूसरे पैंतरे में रघु के हाथ से कुदाल छूटकर अलग जा गिरी। फिर क्या था... शिकार अपने गिरफ्त में। ऐसा धक्का लगा कि रघु दूर जा गिरा।

अभी वह भागने के लिए उठकर सँभला भी न था कि दूसरा जोरदार धक्का पड़ा। फिर तो उसमें उठकर भागा तो दूर, उठने तक की सामर्थ्य न थी। साँड़ की एक विशेषता थी... अब तक औरतों को सींग मारते या गिरे को सींग मारते किसी ने नहीं देखा-सुना था। रघु धूल-धूसरित खेत पर पड़ा कराहने लगा। उधर से कन्हाई बेतहाशा दौड़ता हुआ आया। हाय! यह क्या, वास्तव में उसका गुलेल रघु के लिए अनर्थकारी सिद्ध हुआ।

रघु तीन दिन से बिस्तर पर पड़ा है। उसकी कमर में चोट लगी है। उठने-बैठने में थोड़ी तकलीफ है फिर भी कमर का दर्द दिनों-दिन सुधरता जा रहा है। रघु को देखने पुष्पी रोज आया करती। घण्टों रघु की सेवा करती, फिर चली जाती। पुष्पी के दिल में यह मलाल था कि उसके कारण पहले भी वह पंचायत में बदनाम हुआ था और अबकि भी, जबकि उसी का मजाक उड़ाया जा रहा था उसने अपनी परवाह किये बिना दौड़ पड़ा था बचाने को। पुष्पी रोज किसी न किसी समय आती और कभी खीर बनाकर ले आती कभी हलवा तो कभी दूध गरम कर लाती थी।

पुष्पी अब से कुछ दिन पहले तक बिलकुल बच्ची थी। उसे अपने यौवन का, इस उम्र की भावनाओं का एहसास न था... उसका हृदय खाली था। कन्हाई भले पुष्पी को दिलोजान से चाहता था, पर पुष्पी की आँखों में कन्हाई की तस्वीर होना तो दूर, उसके बारे में अब तक कभी सोचा भी न था और न ही कन्हाई बदनामी के डर से ओर इशारा ही कर सका था। कन्हाई, पुष्पी से अपने प्रेम का जिक्र किये बिना ही समझ बैठा था कि पुष्पी भी उसे चाहती है और वह सिर्फ कन्हाई की है। रघु से मिलने और सेवा-शुश्रुषा के दौरान पुष्पी के खाली हृदय में रघु का चित्र अंकित हो गया था और यह दिनानुदिन गहरा होता जाता था। उन दोनों को पता भी न चला कि यह क्या हो रहा है। आखिर यह प्रेम एक दिन परवान चढ़ा और परिणति तक जा पहुँचा। उन दोनों ने प्रेम के चरम बिन्दु को छू लिया।

कन्हाई इतने में ही खुश था कि वह रघु की अस्वस्थता के बहाने पुष्पी के रोज आने से वह उसकी एक झलक पाकर आनन्दित हो उठता था। आखिर वह दिन भी आया जब रघु पूर्ण स्वस्थ होकर चलने लगा। उन दोनों के प्रेम के विषय में किसी को कुछ पता भी न चला। कन्हाई को तो इसका तनिक भी

आभास नहीं हुआ... कारण कि वह दिन भर खेतों में कड़ी मेहनत करता और रात में थकान के कारण नींद में बेखबर रहा। वह यहाँ तक सोच भी न सका कि इतने कम समय में उन दोनों का प्रेम गहराकर उस सीमा को भी पार कर जायेगा, जिसकी इजाजत समाज नहीं देता।

आखिर वह दिन भी आया जब रघु शहर वापस वकालत की पढ़ाई के लिए जाने को तैयार खड़ा था। महीना कैसे गुजरा कुछ पता ही न चला। जैसे-स्वप्न में यह सब कुछ हुआ हो और अभी-अभी वह नींद से जागा हो। कन्हाई उसे छोड़ने स्टेशन जा रहा था। पुष्पी झाड़ियों की आड़ से रघु को जाता देखकर आँसू बहाती रही। वह बेचारी अपने अधिकारों की माँग करना तो दूर उसका जिक्र तक भी न कर सकी थी।

रघुवीर सिंह शहर जाकर वकालत की पढ़ायी में बिलकुल रम गया। महीने भर तो पुष्पी बहुत याद आयी पर रघु, पुष्पी को किसी भी कीमत पर भुला देना चाहता था क्योंकि वह जानता था कि पुष्पी की यादें उसे उसके लक्ष्य से भटका देंगी। पुष्पी के संग गुजरे पलों की मधुर स्मृतियाँ उसकी पढ़ायी में बहुत बड़ी बाधा थी। उसी बीच रघुवीर सिंह का परिचय एक सुन्दर और धन सम्पन्न युवती से हुआ जो नाम मात्र के लिए रघु के साथ ही वकालत की पढ़ायी कर रही थी या यूँ कहा जाय वह परिवार की इच्छा को जबरदस्ती ढो रही थी। उसके लिए वकालत का पेशा उसकी सम्पन्नता के आगे खास मायने नहीं रखती थी। वह रीमा नाम की युवती रघु की मेहनत को देखकर मोहित थी- जैसे फुटबाल खेलने वाला युवक किसी माहिर फुटबाल खिलाड़ी की कलाबाजी को देखकर वाह-वाह कर उठता है, अब तो रघु का आधे से अधिक खर्च उस युवती के पॉकेट खर्च से पूर्ति होने लगी थी।

रघु ने पहले-पहल उस युवती से दोस्ती यह सोचकर किया था कि शायद इससे दोस्ती करने के बाद वह पुष्पी को भूल पाये और फिर कुछ दिनों बाद उससे भी हाथ खींचकर अपना पूरा ध्यान पढ़ायी पर केन्द्रित कर सके। पुष्पी को तो वह भूल जरूर गया, पर रीमा से चाहकर भी वह हाथ न खींच सका क्योंकि उसी के कारण वह आर्थिक समस्या से दूर था। यदि वह हाथ खींच ले तो वकालत की महँगी पढ़ायी करना सँभव न था। एक ओर रीमा भी सहर्ष अपने पैसे रघुवीर पर लुटा रही थी, क्योंकि वह रघुवीर से प्यार कर बैठी थी।

रघुवीर अब नाम से रघुवीर जरूर था, पर अब वह सिर्फ रघु रह गया था। उसका वीरत्व खत्म हो चुका था, उसका स्वाभिमान मर चुका था, जमीर चाटुकारिता पर उतर आया था, भले रघु इसे अपनी मजबूरी समझता था, पर आज उसमें वह स्वाभिमान न था जो इस शहर में पहले-पहल आने पर था... वह साहस न रहा कि वह हर मुसीबत पर मुस्कुराता रहे; वह शक्ति अब न रही कि कड़ाके की ठण्ड में भी एक कम्बल मात्र से किसी फुटपाथ पर रातें काट लेता था। उसे अब गाँव से कन्हाई के भेजे हुए मक्के के आटे की सूखी रोटियाँ गले से नहीं उतरती। उसे अब होटलों की चटपटा तेल से तर भोजन ही सुहाते। कहा भी गया है- जैसा खाओगे अन्न वैसा बनेगा। मन यह कहावत यथावत रघुवीर पर चरितार्थ हो रही थीं। गाँव की मिट्टी से सुवासित वह मक्के का आटा जिसे वह कन्हाई का प्यार समझकर, शक्ति समझकर, दोस्त की प्रेरणा अपनी धरती का आशीर्वाद समझकर खाता था, आज वह उसे भूल चुका था। उस आटे-चावल के छूटते ही वो तमाम उत्साह, प्रेरणा और शक्ति समाप्त हो चुके थे। वह खो गया शहर के चकाचौंध में। बिक गया था वह। मुफ्त की अन्न से शरीर स्थूल होता है, शरीर अलसाता है, मेहनत आत्मविश्वास जगाता है, आत्मगौरव से सिर ऊँचा रहता है, माथे से तेज टपकता रहता है, जमीर उत्साहित करता है और वह कर्मभूमि पर विजयी होता है।

यह बात अलग है कि अपने बैच में पतला-दुबला दिखने वाला रघुवीर, जो स्थूल शरीर वाले शहरियों के मजाक का पात्र हुआ करता था, आज शारीरिक स्थूलता के कारण एक सम्पन्न वकील-सा दिखने लगा था। वह शिष्टाचारवश स्वाभिमान की खाल ओढ़कर कभी-कभी रीमा से कह बैठता था कि वह खुद बना खा लेगा, पर रीमा जानती थी कि वह सिवाय मक्के की मोटी-मोटी रूखी रोटियों के अलावा खा भी क्या सकता है। उसे यह कदापि मंजूर न था कि जिस रघुवीर को वह खिला-पिलाकर शारीरिक स्थूलता से बिरादरी के साथ खड़ा करना चाहती थी वह अब फिर पुरानी दिनचर्या में लौटे। भला कौन कसाई खिला-पिलाकर पाले बकरे को बलि के समय खिलाना छोड़ देता है।

रघु के शहर जाने के बाद पुष्पी अक्सर कन्हाई से मिलने-जुलने लगी थी

और घण्टों रघु के विषय में बातें करती, पूछताछ करती। पुष्पी के रोज इस तरह मिलने से कन्हाई समझ बैठा कि पुष्पी भी उसे चाहने लगी है। पर हमेशा रघु के बारे में ही बातें करने से वह समझता था कि शायद लज्जावश पुष्पी उसके बारे में बातें नही कर रघु के विषय में ही बातें करती हैं या बात करने का बहाना खोजती है या फिर किसी गैर के बारे में बातें कर जलाना चाहती है। एक दिन सुबह-सुबह ही पुष्पी, कन्हाई के घर आ पहुँची। कन्हाई बैलों को चारा खिला रहा था।

पुष्पी- ''एक कनुआ! तुम आज खेत जोतने जाओगे?''

कन्हाई- ''देखती नहीं बैलों को सुबह-सुबह चारा खिला रहा हूँ।''

पुष्पी- ''मैंने यह तो नहीं पूछा कि तुम क्या कर रहे हो।''

कन्हाई-''किसान की बेटी हो इतना भी नहीं समझती कि सुबह-सुबह बैलों को चारा खिलाकर जोतने नहीं जाऊँगा तो घर बिठाकर आरती उतारूँगा इनकी।''

पुष्पी- ''तेरी तो भाषा ही उल्टी है।''

कन्हाई- ''मेरी भाषा सीधी है, तेरी अक्ल उलटी हैं।''

पुष्पी-- ''दो अक्षर क्या पढ़-लिख गये सेखी बघारते हो।''

कन्हाई- ''ये पढ़ायी तो हल जोतने के काम आती नहीं।''

पुष्पी- ''तो क्या सेखी बघारने को पढ़ायी पढ़ी?''

कन्हाई- ''और नहीं तो क्या।''

पुष्पी- ''अच्छा बता कहाँ पर जोतने जाओगे?''

कन्हाई- ''क्यों?''

पुष्पी- ''बाबूजी पूछते हैं।'' पुष्पी को कुछ सूझा नहीं तो यकायक बोल पड़ी।

कन्हाई- ''काहे को?''

पुष्पी- ''मुझे क्या पता, उन्हीं से पूछते क्यों नहीं।''

कन्हाई- ''तुमने कुछ कहा तो नहीं?''

पुष्पी- ''क्या जरूरत पड़ी है मुझे भला।''

कन्हाई- ''अच्छा जा कह देना बगीचा के निचलका जोतने जा रहा हूँ।''
पुष्पी चुपचाप वहाँ से चल पड़ी।

जब कन्हाई खेत जोत रहा था तो उसे बगीचे की ओर से पुष्पी आते दिखायी दी। पुष्पी के नजदीक आने पर कन्हाई ने पूछा- ''तुम्हारे बाबूजी नहीं आये?''

पुष्पी- ''काहे को आयेंगे यहाँ?''

कन्हाई-''सुबह में तुमने ही तो कहा था।''

पुष्पी- ''खेती-बारी का सलाह लेने तुम्हारे घर जाया करते हैं, यहाँ काहे को आने लगे, तुम्हारे खेत जोतने?''

कन्हाई- ''फिर काहे को पूछ भेजा था?''

पुष्पी- ''मैंने पूछा था।''

कन्हाई- ''तुमने झूठ बोला?''

पुष्पी- ''क्या करती, कल दिन भर तुझे खेत-खलिहान गाँव ढूँढ़ती फिरी, क्या आज फिर चक्कर लगाती पूरे गाँव का।''

कन्हाई- ''काहे को खोजती हो बोलो?''

पुष्पी- ''तुम्हारा दोस्त कब आयेगा?''

कन्हाई- ''मैं क्या जानूँ कब आयेगा।''

पुष्पी- ''बुलाते क्यों नहीं?''

कन्हाई- ''क्यों बुलाऊँ? हल जोतने को?''

पुष्पी- ''मैंने कब कहा ऐसा।''

कन्हाई- ''तो फिर काहे को बुलाऊँ।'' वहाँ रहकर पढ़ेगा, साहब बनेगा, यहाँ जंगल में क्या धरा है उसके लिए; यदि वह आना भी चाहे तो मैं न आने दूँगा... यह गाँव उसे रास नहीं आता, जब भी आता है संकट में पड़ जाता है।''

पुष्पी- ''तू कैसा निष्ठुर दोस्त है।''

कन्हाई- ''दोस्ती का मतलब यह तो नहीं कि उसे पास बुलाकर उसके भविष्य का सर्वनाश करा दूँ। दोस्ती में तो लोग दोस्त की तरक्की और भलाई के लिए जान तक निछावर कर डालते हैं और मैं कुछ दिनों की जुदाई नहीं झेल सकता, मैं दिल का इतना कमजोर नहीं और फिर वह मुझसे दूर कहाँ, वह तो मेरे दिल में है, रोज बातें करता हूँ मैं उससे।

पुष्पी- होंठ बिचकाते हुए बोली ''अच्छा बुझौवल है।''

कन्हाई- ''तुझे बुझऊवल लगत हैं मेरी बातें?''

पुष्पी- ''और नहीं तो क्या, मेरे पल्लू तो कुछ भी न पड़ा।''

कन्हाई- ''तेरी पल्लू फटी है इसलिए नहीं रह पाते।'' दोनों हँस पड़े। यही तो चाहता था कन्हाई। पुष्पी की एक मुस्कुराहट देखकर वह जैसे धन्य हो गया।

पुष्पी- ''उसकी चिट्ठी-पत्री आयी है या नहीं?''

कन्हाई- ''हाँ दो दिन पहले ही आयी है।''

पुष्पी- ''मुझे बताया तक नहीं।''

कन्हाई- ''तुमसे मिला ही कब जो बताता।''

पुष्पी- ''कब आने को लिखा है?''

कन्हाई चिढ़ बैठा- ''फिर वही बात... हर वक्त उसी के आने की बातें पूछती हो, आज तक एक बार भी तो मेरी खबर न ली।''

पुष्पी- ''तेरी खबर तो हर दिन मालूम होती है, बातें होती हैं फिर फिजूल की बातें क्यों?'' कन्हाई के पास इसका कोई जवाब न था। बात को पलटकर

बोला- ''अच्छा बता तू क्यों सिर्फ उसी की बातें पूछा करती है, क्या मुझे जलाना चाहती हो ?''

पुष्पी- ''तू नहीं समझेगा।''

कन्हाई- ''मैंने इण्टर तो पढ़ा पर बदकिस्मती से मैट्रिक पास ही रहा; उम्र में भी तुमसे पाँच साल का बड़ा हूँ, भला वह कौन-सी बात है जो मैं नहीं समझ सकता।''

पुष्पी- ''बात ही ऐसी है।''

कन्हाई- ''जरा मैं भी जानूँ तो सही।''

पुष्पी- ''इसमें जोर लगाने जैसी कोई बात ही नहीं कि ताकत लगायी काम हो गया। मुझे तो बस सुबह हुआ कि नहीं, खेतों में खटते शाम हो गयी... न खाने का, न पहनने का।,ऐसी दिल की बातों का तुझे समझ कहाँ; भला बंदर क्या जाने अदरख का स्वाद।''

कन्हाई- ''तुझे मैं बंदर लगता हूँ!''

पुष्पी- ''और नहीं तो क्या, बिन पूँछ का बंदर।'' पुष्पी होंठ बिजकायी और ओढ़नी झाड़कर चलती बनी। कन्हाई ठगा-सा उससे जाते देखता रह गया। आज झूठ बोलकर मिलने और उसकी बातों से कन्हाई को लगा कि पुष्पी उसे जलाने और प्रेरित करने के खयाल से ही रघु के बारे में बातें करती है।

इधर कुछ ही दिनों में वर्षों की जमा पूँजी से कन्हाई ने अपनी जमीन पर कुँआ खुदवा लिया, घर भी बड़ा कर लिया और कुएँ में पम्पसेट के साथ-साथ दो जोड़ा हल-बैल भी खेती के लिए तैयार कर लिया। कन्हाई की सभी कामना पूर्ण हो चुकी थीं। जितनी पूँजी लगनी थी लग चुकी थी। हाथ में दो पैसे भी थे। बस अब मेहनत करना और सुखी-सम्पन्न जिंदगी जीना उसकी कामना थी। गाँव में वह एक मिसाल था। चार-पाँच साल की ही उसकी तरक्की देख गाँव के लोग वाह वाह कर उठे थे। उसकी कठोर मेहनत रंग लायी। गाँव के बड़े-बड़े किसान भी खेती-बाड़ी की सलाह लेने उसके पास पहुँचते थे। वह गाँव में एक इज्जतदार और सम्पन्न किसान के रूप में आ खड़ा

हुआ था। कई बार संपन्न किसान कहलाने वाले पुष्पी के पिता कन्हाई से खेती-बाड़ी की सलाह और जानकारी लेने आये थे और जाते वक्त वाह वाह कर कन्धा थपथपा जाते। इससे कन्हाई का उत्साह और दुगुना हो उठता था। कन्हाई को अब पुष्पी का हाथ माँगने में कोई बाधा न थी। अब यह शंका कि लोग उसकी औकात देखेंगे, अब उस शंका का कोई भय न था। अब कन्हाई की औकात देखने लायक थी... जिसे देखनी हो देखे उसका औकात। कन्हाई, पुष्पी के लिए वर्षों से जो सपने सँजोता आया था अब वह समय भी आ गया था कि वह अपने सपने को साकार रूप दे।

एक दिन कन्हाई के पिता ने शादी के खयाल से कहा- ''क्या अब भी और कुछ करना बाकी रह गया है?''

कन्हाई- ''नहीं बाबूजी बस अब और नहीं, कल ही मैं पुष्पी से मिलता हूँ। परसों आप उसके पिता से जाकर मिल आइएगा और तारीख भी पक्की करते आइएगा।'' उस बूढ़े सीने में न जाने कहाँ से ऐसा उत्साह भर आया। उन्होंने छाती चौड़ी करते हुए किन्तु आश्चर्य से पूछा- ''तू पुष्पी से ब्याह करेगा?''

कन्हाई- ''क्यों, कोई हर्ज है?''

पिता- ''इसमें हर्ज की क्या बात है, मैं तो सोच रहा हूँ इतने बड़े किसान की बेटी हमारी बहू बन सकेगी?''

कन्हाई मुस्कुराया और गर्व से बोला- ''हाँ... जिस किसान को आप अब तक बड़े मानते आये हैं, जिनके खेतों में मजदूरी करते आपका शरीर बूढ़ा हो गया, वह किसान अब हमसे सलाह लिये बगैर जमीन में बीज भी नहीं डालता।''

पिता- ''लेकिन बेटा...'' बीच में ही बात काटकर कन्हाई बोला- ''आपको रिश्ते की बात लेकर वहाँ जाते झिझक होती है तो मैं जाता हूँ, पूरी बात मैं तय कर लूँगा, बस आप रिश्ते का एक छोटा-सा नियम पूरा कर आइए।'' यह कहकर कन्हाई ने कुदाल उठाया और खेतों की ओर चल पड़ा।

कन्हाई चाहकर भी खेतां में काम न कर सका। मन आसक्ति की कोमल

भावनाओं में बह चला था। खेतों में कुदाल पकड़े खड़े-खड़े घण्टों बीत गये। यकायक उसने पाया अभी तो वह कोड़ना शुरू भी नहीं किया है। मन को समझा-बुझाकर वह फिर काम में डट गया, किन्तु न जाने क्यों धीरे-धीरे शरीर के अंग एक-एक कर काम करना बंद कर देते, उसे पता भी न चलता। मन में तरह-तरह की सुन्दर लुभावनी भावनाएँ जगतीं-मिटतीं। उसने जब भी अपने को पाया कुदाल का बेंट पकड़े खड़ा पाया। दोपहर हो चुकी थी। वह चाहकर भी अब तक कुछ काम न कर सका था। यकायक वह कंधे में कुदाल रखकर यह सोचते मुस्कुराकर घर की ओर चल पड़ा कि शादी के पहले उसकी स्मृति मात्र से तो यह हर्जा है, शादी के बाद साक्षात रूप तो बरबाद ही कर डालेगी।

वह अधीर हो उठा। कल के बजाय आज ही पुष्पी से मिलने का निश्चय कर तैयारी में जुट गया। जब सुगंधित साबुन से नहाऊँगा। महँगा ही सही गुण भी तो होगा... एक ही बार में सारे मैल धो डालेगा। साबुन तो अच्छा है। अहा! क्या खुशबू है... मजा आयेगा नहाने के बाद... एक बार में तो धूल निकल आयी, अबकि रहा-सहा भी धुल जायेगा। अगर तीसरी बार लगा लिया तो शरीर से मैल का नामोनिशान मिट जायेगा। चमक आ जाएगी त्वचा में। शहर में चमकते फिरने वाले अमीर लोग तो चार बार से कम न लगाते होंगे। मजाल है एक बार में इतने चिकने नजर आयें। संतोष नहीं होता, चलो एक बार और सही। सिर्फ आज भर, फिर मजाल है कभी चार बार लगाऊँ। चौथी बार की ताजगी ही कुछ और है। कहता था न शरीर चमक उठेगा। अभी पता नहीं चलेगा, गमछी से पोंछ लूँ फिर तेल डालूँगा। वर्षों से पड़ा यह सुगंधित तेल आज काम में आया। वाह! क्या सुगंध है, जरूर महँगा होगा। जब पिताजी के मेहमान आते हैं या मेला जाते हैं तभी यह शीशी निकलती है। देखो तो आज पूरा घर गमक उठा है। कन्हाई के बूढ़े पिता चिल्ला उठे- ''अरे कनुआ! तू तेल लगा रहा है कि तेल से नहा रहा है, अगले हफ्ता गाँव का जतरा है कुछ दो-चार बूँद बचने भी देगा।''

कन्हाई- ''बाबूजी इसमें तेल है कहाँ; बाजार से फिर नयी शीशी आ जायेगी।'' थोड़ा-सा और लगा लूँ, बाबूजी को बालं में लगाने भर बच ही जायेगा। आज धोती न पहनूँगा... शहर से लौटने के बाद तो फुलपैण्ट पहनने को नसीब ही न हुआ; आज भाग जागेंगे इन बेचारे बक्से में कैद पड़े कपड़ों

के। अरे यह क्या! मुड़-चुड़कर ये कपड़े तो जैसे वर्षों से बीमार पड़े हों। ओफ्फ! अब क्या करूँ। हाँ इम्टर तक पढ़ने का आज सही फायदा हुआ है। यह पीतल की थाली कब काम आयेगी। ऊपर दो-चार अँगीठी डाल दूँ और यह हमारा आयरन तैयार। वह मुस्कुरा पड़ा। कन्हाई के पिता ने जब थाली पर अँगीठी (आग) डालते देखा तो सोचने लगे-ओझामती, टोटका में विश्वास न करने वाला कन्हाई आज कौन टोटका कर किस देवता को मनौती मना रहा है। जायेगा कहाँ धीरे-धीरे सब सीख जायेगा। आज समझ में आयी उसे टोटके की शक्ति।

''अच्छी तरह विधि-विधान से देवताओं की मनौती मनाना बेटा, गुड़-घी तख्ते पर रखा है।'' यह कहकर वह घर से बाहर निकल गये। कन्हाई हँस पड़ा।

कन्हाई बन-ठनकर निकला जैसे कोई राजकुमार हो। वास्तव में आज कन्हाई निखरकर चमक उठा था। उमंग-उत्साह से मुस्कराता चेहरा, सँवरे बाल, बीच में एक पट्टी (माँग), गठीले बदन पर लहराता एक सफेद धारीदार कमीज... जैसे-कोई बच्चा पानी में किलकारियाँ मारकर खेल रहा हो। गहरे नीले रंग का धारीदार पैंट, चमड़े का चप्पल। वह पूरे उत्साह और जोश के साथ पुष्पी से मिलने चल पड़ा। मन में उथल-पुथल करती भावनाओं में मग्न न जाने कब वह पुष्पी के घर पहुँच गया, समय का कुछ आभास भी न हुआ। उसने पुष्पी को आवाज लगायी- ''पुष्पी! ओ पुष्पी!''

पुष्पी अपने पल्लू से हाथ-मुँह पोछती निकली, शायद वह खाना खाकर उठी थी- ''क्या कनुआ! चिल्ला क्यों रहा है?'' पुष्पी की नजर कनुआ पर पड़ी तो वह आँखें फाड़े देखती रह गयी।

पुष्पी- ''अरे कनु आज तो तू बड़ा राजकुमार लगता है।''

कनुआ- ''सच्ची?''

पुष्पी- ''जीभ कटे जो झूठ बोलूँ।''

कनुआ- ''शर्ट-पैंट में थोड़ी शर्म आती है, बहुत दिनों बाद जो पहना।''

पुष्पी- ''अरे नहीं कनु, तू बहुत सुन्दर लगता है इस शाही भेस में; मुझे

तो विश्वास ही नहीं हो रहा है कि जिससे एक धोती नहीं सँभलती वह सूट-बूट में इतना सुन्दर दिख सकता है, तुम तो बिलकुल शहरी की तरह दिखते हो, रघु की तरह।''

कन्हाई- ''रघु की तरह।''

पुष्पी- ''रघु भी तो शर्ट-पैण्ट ही पहनता है न। शहर जाते हो? रघु के पास, रघु को लाने?''

कन्हाई- ''मैं कहीं नहीं जाता।''

पुष्पी- ''तो फिर आज धोती को अलविदा कर पैण्ट-शर्ट में क्या उतर आये?''

कन्हाई- ''बस थोड़ी फुरसत मिली तो सोचा थोड़ा घूम आऊँ।''

पुष्पी- ''ए कनु! गाँव में ऐसा साहब बनकर मत घूमाकर नहीं तो कितनी ही तुम पर जान दे बैठेंगी।''

कन्हाई- ''मुझे क्या।''

पुष्पी- ''हत्या का पाप लगेगा।''

कन्हाई- ''इसलिए तो कहता हूँ मुझे पाप की गठरी ढोने से बचा ले।''

पुष्पी- ''कितनों को रोकती फिरूँगी कि तुम पर न मरें, मुफ्त का सबसे झगड़ा मोल लेती क्यों फिरूँ मैं। दोनों हँस पड़े।'' इसी हँसी पर तो कन्हाई फिदा था।

कन्हाई- ''पुष्पी तुमसे कुछ जरूरी बात करनी है।''

पुष्पी- ''सामने तो हूँ कहते क्यों नहीं।''

कन्हाई- ''इतना जल्द न हो सकेगा।''

पुष्पी- ''तो फिर बैठो, जितनी देर लगेगी सुनूँगी।''

कन्हाई- ''अच्छा होता बगीचे में एकान्त में चलती।''

पुष्पी- ''यहाँ भी तो कोई नहीं।''

कन्हाई- ''यहाँ लोग आते-जाते हैं, बात कुछ खास है।''

पुष्पी- ''तो फिर अंदर घर में चलकर बैठो, घर में भी कोई नहीं है... माँ-बाबा दोनों खेत गये हैं आयेंगे तो शाम में ही।''

कन्हाई ने गम्भीर स्वर में कहा- ''बात कुछ खास है, प्रार्थना है बगीचे में ही चलो।''

पुष्पी- ''न बाबा, किसी ने एकान्त में देख लिया तो न जाने क्या-क्या अफवाहें उड़ायेगा; वैंसे भी तुमसे मिलते-जुलते देखकर लोगों की आँखों की किरकिरी बनी हूँ।'' एकाएक पुष्पी के दिमाग में बात आयी, बोली- ''कहीं रघु का पत्र तो नहीं आया... कहीं उसी की खास बातें तो नहीं?'' कन्हाई को न हाँ कहते बना, न ना कहते। उसने हाँ में सिर हिला दिया। पुष्पी चहककर बोली- ''आती हूँ।'' वह दौड़कर अंदर गयी और चप्पल पहन दौड़ती हुई बाहर आई।

पुष्पी को अब धैर्य कहाँ था। रास्ते में ही पूछ बैठी- ''क्या लिखा है उसने? क्या उसने मेरे बारे में भी कुछ लिखा हैं?''

कन्हाई- ''उसने कोई पत्र नहीं लिखा।''

पुष्पी निराश होकर बोली- ''तुमने झूठ कहा?''

कन्हाई- ''कोई उपाय न देखकर झूठ का सहारा लेना पड़ा; हाँ रघु को पत्र लिखकर बुलाना हैं।''

पुष्पी- ''मेरे लिए भी दो लाइन अलग से लिख देना, अगूँठा लगा दूँगी; रघु समझ जायेगा, ये दो लाइन मैंने लिखा है।''

कन्हाई- ''दो लाइन क्यों, पूरे पत्र में अगूँठा लगा देना।''

पुष्पी- ''मैं पत्र नहीं लिख सकती इसलिए मजाक उड़ाते हो।''

कन्हाई- ''बस थोड़ा-सा मजाक क्या किया मान गयी न बुरा।''

पुष्पी- ''अच्छा बता कब आयेगा रघु?''

कन्हाई- ''अपनी शादी में।''

पुष्पी- ''तुम्हारी शादी! कब है?''

कन्हाई- ''कल तारीख पक्की हो जायेगी।''

पुष्पी- ''सबसे पहले मुझे बताना; अब वापस चलूँ?''

कन्हाई, पुष्पी का हाथ पकड़कर बिठाते हुए कहा'' ''पुष्पी सुनो! वर्षों से तुमसे एक बात कहना चाहता हूँ, आज वह बात तुम सुनकर ही जाओ।''

पुष्पी- ''जल्दी बोलो।''

कन्हाई- ''तुम्हें इन बातों का अब तक आभास नहीं?''

पुष्पी पल्लू झाड़कर बोली- ''ऊँह! बात बोलो।''

कन्हाई- ''मेरी आँखों ने अब तक कभी संकेत न किया?''

पुष्पी खीझकर बोली- ओफ्फ! बेकार की बातें, फिर बुझऊवल बुझाने लगे। कई बार कह चुकी मैं तुम्हारी तरह पढ़ी-लिखी नहीं, बुझऊवल समझ में नहीं आती।''

कन्हाई गम्भीर मुद्रा में गहरी साँस लेकर बुदबुदाया- ''अभी तक नादान है या नाटक करती है?''

पुष्पी- ''कुछ कहा?''

कन्हाई- ''हाँ मैंने कहा तुम बहुत सुन्दर हो, तुम्हारी हँसी दिल में उतर जाती है।'' वह किसी रटी-रटायी कविता की तरह एक ही लय में बोल पड़ा।

पुष्पी- ''और कुछ कहना हैं?''

कन्हाई- ''हाँ पुष्पी, दिल की बात कहना है। तुम्हारी तारीफ पाने के लिए मैं क्या-क्या नहीं किया... शहर से लौटने के बाद जब से मैंने तुम्हें देखा है तुझे दिल में बसाकर भगवान की तरह पूजा है।''

पुष्पी बीच में ही बोल पड़ी- ''बस-बस... कल को तुम्हारी शादी होनी है, कहीं होने वाली पत्नी को पता चल गया तो सौतिया डाह में जलकर तुझे भी भस्म कर डालेगी।''

कन्हाई- ''क्या तुम मुझे भस्म कर दोगी?''

पुष्पी- ''मैंने कब कहा, मैं तो उस आने वाली तुम्हारी दुल्हन की बात कर रही हूँ।''

कन्हाई तुरन्त ही बोल पड़ा- ''वह दुल्हन तुम ही तो हो।''

पुष्पी मुँह फाड़े पहले तो उसे देखती रही, फिर सँभलकर बोली- ''इस वक्त मजाक नहीं सुहाता मुझे।''

कन्हाई गम्भीर होकर कहा- ''मैं मजाक नहीं कर रहा पुष्पी, मैं तुमसे प्यार कर बैठा हूँ, आज से नहीं वर्षों से; पर कह नहीं सका क्योंकि मैं जानता था तुम एक सम्पन्न किसान की बेटी हो। यदि उसी समय यह बात कही होती तो मेरा आकलन मेरी औकात से होता और उस समय मेरी औकात कौड़ी भर की न थी, हमारा प्यार यूँ ही बिखरकर रह जाता, मात्र एक मजाक बनकर। इससे हमारी और तुम्हारी बेइज्जती के अलावा और कुछ न होता। तब मैंने निश्चय किया कि मैं तुम्हारी बराबरी का होऊँगा तभी तुमसे यह बात करूँगा अन्यथा नहीं। आज हमारे प्यार के बीच में यह औकात की दीवार नहीं है। मैंने दिन-रात जी-तोड़ मेहनत सिर्फ तुम्हें पाने के लिए किया; एक-एक कौड़ी जोड़ा अपनी इसी औकात को बनाने के लिए। सिर्फ तुम्हें पाने की प्रेरणा से ही मैं आज इस स्थिति पर खड़ा हूँ कि मैं भी गाँव के सम्पन्न किसानों में गिना जाने लगा हूँ। हमारे प्यार की ताकत ने हमें ऊँचाई पर चढ़ा दिया। मैंने जब देखा कि अब तुम मेरी सबसे पहली जरूरत बन गयी हो तब मैंने तुमसे यह बात कही। मैंने आज तक जो भी किया सिर्फ तुम्हारे लिए किया, अब बस तुम्हारी मर्जी जानना चाहता हूँ। तुम्हारा इस तरह मुझसे मिलना-जुलना तुम्हारी मर्जी का संकेत करता है। पर संकेत तो संकेत हैं, मुँह से सुन लूँ तो धन्य भाग समझूँ।'' पुष्पी आँसुओं का घूँट पी-पीकर आँखें मींचे चुपचाप सुने जा रही थी। उसे कुछ समझ में न आ रहा था कि कन्हाई आज क्या कहे जा रहा है। ''नहीं!'' पुष्पी के जैसे दिल पर पत्थर लगा हो। आँसुओं से तर चेहरा एकाएक व्यग्र हो उठा, आँखे लाल हो उठीं। वह रोते हुए बोली- ''नहीं कन्हाई नहीं, मैं तुमसे जरा भी प्यार नही करती... यहाँ तक तो मैंने कभी सोचा ही नहीं, यह तुम्हारा कोरा भ्रम है कि मैं तुम्हें चाहती हूँ, मैं तो रघु की दीवानी हूँ। हाँ अब तक यह बात सिवाय मेरे और कोई नहीं जानता।'' वह बिलखते हुए उस दिन का वृत्तान्त सुनाने लगी, जब रघु साँड़ से घायल होकर बिस्तर

पर पड़ा था।

रघु से भी मेरा कोई लगाव न था, किन्तु मैंने यह सोचकर उसकी सेवा का बीड़ा उठाया था कि मुझे बचाने की खातिर वह निर्दोष घायल हो गया था और मेरे ही कारण निर्दोष होते हुए भी पंचायत में उसे अपमान सहना पड़ा था। मेरे जमीर ने मुझे प्रेरित किया कि तेरे कारण जिसने अपनी जान जोखिम में डाला क्या तू उसकी थोड़ी-सी सेवा भी नहीं कर सकती। एक दिन मैं दूध लिये रघु के पास पहुँची। दूध देने के बाद उसकी खाट पर बैठ गयी। थोड़ी देर बाद रघु का हाथ मेरे कन्धे पर आ पड़ा। फिर न जाने किन-किन भावनाओं में विवश मैं नादानी वश जो कर बैठी...।'' वह बिलखकर रो पड़ी। ''और उसी नादानी की सजा आज मैं पा रही हूँ। हमेशा सोचती हूँ रघु आयेगा तो उसे बताकर उससे शादी कर लूँ फिर सारी समस्या दूर हो जायेगी... पर कैसे उसे बुलाऊँ...।'' वह फिर से बिलख पड़ी। ''सप्ताह भर पहले मुझे पता चला कि उस नादानी का कुपरिणाम मुझे सजा देने के लिए मेरे पेट में मौजूद है, तब से मैं व्याकुल घुट-घुट जी रही हूँ, क्या करूँ मैं कुछ समझ में नहीं आ रहा इसीलिए तो तुमसे रोज पूछा करती हूँ रघु कब आयेगा? यदि वह आकर मुझे स्वीकार ले तो ठीक है अन्यथा मैं किसे क्या मुँह दिखाऊँगी। अब तू ही बता कानू मैं क्या करूँ,'' एक डूबता दूसरे डूबते को भला क्या बचाये।''

फिर भी कन्हाई ने पुष्पी के कन्धे पर हाथ रखा और उठकर सीधी राह पकड़ा। पुष्पी वहीं सिर झुकाये सिसकती रही। कन्हाई ने जिस देवता के लिए अपनी झोपड़ी न बनाकर मंदिर बनाया, वह देवता रूठकर चल दिये। जिस प्यार की प्रेरणा ने उसे कामयाबी दिलायी, वह प्यार ही पराया निकला। हाय रे दुर्भाग्य! क्या करे... सर तोड़ ले या पागलों की तरह चीखे-चिल्लाये। कौन उसकी तड़प को समझ सकेगा। पानी के बाहर मछली की तड़प को देखकर लोग रोमांचित होते हैं, उसकी दर्द को कोई नहीं समझता। एक-एक साँस के लिए तड़पकर अंततः'' प्राण छोड़ देती है वह... क्या यही गति होगी मेरी...

पुष्पी का गर्भ किसी से छिपा न रह सका। पाँच महीने तक पुष्पी आने वाली मुसीबतों से अनभिज्ञ थी। पाँच महीने बाद उसे ज्ञात हुआ कि उसके एक दिन की नादानीवश, भावनात्मक कमजोरी के कारण किया गया खिलवाड़ उसकी जिन्दगी को तबाह करने को काफी थी। उसे आने वाली समस्याओं का

तनिक भी आभास न था कि थोड़ी देर का यह शारीरिक खेल उसे ज़िन्दगी जीना मुश्किल कर देगा। गाँवों की गलियों, खेत-खलिहानों, बगीचों, नदी, झरनों में चहकती फिरने वाली पुष्पी अब मुँह छिपाये एक कोठरी में बंद है।

घर के लोग दुतकारते रहते। सखी-सहेलियाँ मिलने से कतराने लगीं। गाँव की बूढ़ी औरतों को गप्प हाँकने का एक अच्छा विषय मिल गया था। दिन-दोपहर जब मौका मिल जाय ताने दे-देकर बुढ़ापे का खूब मजा लूटतीं। अब उसका घर से निकलना दूभर हो गया था। गाँव के लोगों का शक कन्हाई पर था, क्योंकि उन्होंने कई बार इन दोनों को मिलते-जुलते साथ बैठे गप्पे हाँकते देखा था। आखिर यह बात कब तक छुपती। पंचायत में इस काली करतूत की शिकायत हुई। अच्छा मौका मिला था पुष्पी के पिता के विरोधियों को।

एक निश्चित तारीख को पंचायत बुलायी गयी। पुष्पी के पिता पंचायत में सिर झुकाये खड़े थे। पंचों ने गाँव वालों से सलाह माँगा। किसी ने कहा- इसे गाँव से निकाल दिया जाय... किसी ने कहा- सजा दिया जाय तो किसी ने विवाह का प्रस्ताव रखा, तो किसी ने गर्भपात की सलाह दी। कुछ स्पष्ट निर्णय न होने की स्थिति में पंचों ने पुष्पी से ही पूछा- ''किस दुष्ट का पाप पाल रही हो अपने पेट में?''

पुष्पी- ''यह मेरा प्यार है, इसे बस समाज की मुहर नहीं लग पायी है।''

पंच- ''इस पंचायत में सांकेतिक और तार्किक बातों का कोई स्थान नहीं, स्पष्ट कहो कौन रक्षक है तुम्हारे इस प्यार का?'' बीच में ही कन्हाई दास हड़बड़ाकर उठ खड़ा हुआ और हड़बड़ाहट में हकलाते हुए बोल पड़ा- ''मैं... मैं हूँ इसका रक्षक।'' सबकी नजर कन्हाई दास पर आ टिकी। लोगों को जो अंदेशा था वही हुआ।''

पंच- ''अच्छा तो तुम्हारी ही है यह काली करतूत।''

कन्हाई दास- ''अब तो समाज चाहे जो कह ले मुझे सब स्वीकार है, आगे ईश्वर ही जाने।''

एक पंच- ''करतूत तुम्हारी और जिम्मेदारी ईश्वर की।'' सभी हँस पड़े।

कन्हाई का यह बयान सब की आशा के अनुकूल था पर मारे आश्चर्य से पुष्पी की आँखें फटी जा रही थीं। उसे समझ में न आया कि इस मामले के बीच वह क्यों आ टपका है। वह सोचने लगी कहीं कन्हाई मेरी मजबूरी का फायदा उठाकर मुझे अपना बनाना तो नहीं चाहता या उसकी कोई कुटिल चाल है जिसमें फँसाकर मुझे वह जबरदस्ती हासिल करना चाहता है। पर मैं उसके इन नापाक मनसूबों को साकार होने न दूँगी। जिससे मैंने सहानुभूति की आशा की वह कटे पर नमक छिड़कने आ धमका।

पंच ने फिर पूछा- ''क्या तुम पुष्पी को सहर्ष स्वीकारते हो?''

पुष्पी को लगा कन्हाई अपने मनसूबों में कामयाब हो जायेगा, पर आश्चर्य! कन्हाई ने कहा- ''मैं अपनी इच्छा पुष्पी पर छोड़ता हूँ।''

पंच- ''पुष्पी! क्या तुम कन्हाई के साथ अपनी मर्जी से सहर्ष ब्याह कर जीवन जीने को राजी हो?'' पुष्पी तो पहले से जली बैठी थी, बोली- ''नहीं।'' पुष्पी के इस जवाब को कन्हाई दास पहले से ही जानता था इसलिए उसे तनिक भी आश्चर्य न हुआ। उसका मकसद तो किसी तरह सिर्फ रघु को बचाना था, उसके बरबाद होते भविष्य को बचाना था। पर अन्य सभी लोगों को यह बात समझ में न आयी कि आखिर पुष्पी ने जिससे प्यार किया है उसे ऐसा जवाब क्यों दिया। स्वयं पुष्पी के पिता को रिश्ता आपत्तिजनक न था। उन्हें इस बात का थोड़ा भी मलाल न था कि कन्हाई के साथ गलत हुआ, बल्कि वे इस बात से खुश से कि उनकी आशा के अनुकूल दामाद मिला। मेहनती था इज्जतदार था, पढ़ा-लिखा था, व्यवहार कुशल था, सम्पन्न किसान था, स्वाभिमानी था... और क्या चाहिए उसे। एक पंच ने व्यंग्य किया- ''मुझे तभी से ही तुम्हारा आचरण संदेहास्पद लगने लगा था जब से तूने पुष्पी का घड़ा फोड़ा था और अपमानित हुआ था वह बेचारा रघु। उसी समय मुझे दाल में कुछ काला नजर आ गया था। उस समय तो पंचायत में लम्बा भाषण देकर बच निकले थे, अब आया न बाहर दाल से छँटकर काला तिल।'' पंचायत ने निर्णय सुनाया- ''पुष्पी कन्हाई के साथ नहीं रहना चाहती अतः इस अबला के साथ जो अन्याय कन्हाई के द्वारा हुआ, उसकी क्षतिपूर्ति कन्हाई को ही करनी होगी; इस अबला को जीवन निर्वाह के लिए उचित जमीन, जिसकी पैदावार से साल भर कमा-खा सके और आश्रय के लिए एक

घर का हिस्सा या फिर सक्षम हो तो एक छोटा घर बनवा दे। तत्पश्चात सजा के तौर पर उसे छह महीने गाँव निकाला दिया जाता है। कन्हाई! तुम्हें निर्णय से कुछ आपत्ति है?''

कन्हाई- ''जी नहीं, मुझे निर्णय सहर्ष स्वीकार है।'' सभा बर्खास्त हुई। सभी ने अपने-अपने घर की राह ली। सभा के बाद कन्हाई, पुष्पी के पास आया और बोला- ''माफ करना पुष्पी! पंचायत के सामने मैंने झूठ बोला कि यह करतूत मैंने किया है। तुमने सोचा होगा तुम्हारी मजबूरी का फायदा उठाकर मैं तुम्हें तुम्हारी इच्छा के विरुद्ध अपनाना चाहता हूँ; पर सच कहता हूँ मेरा मकसद वह नहीं था.. पंचों के द्वारा तुम्हारी इस दुर्गति के जिम्मेदार व्यक्ति का नाम पूछने पर मैं डर गया, मुझे भय हुआ कहीं तुम रघु का नाम न ले लो, इसलिए झट इस समाज में दुष्कर्म कहे जाने वाली घटना का जिम्मेदार मैंने स्वयं को ठहराया। मैं तुम्हारा जीवन भर आभारी रहूँगा कि तुमने रघु का नाम न लिया। मुझे इस बात की तकलीफ नहीं कि मुझे छह माह का गाँव निकाला दे दिया गया था मुझे तुम्हें जमीन देनी पड़ेंगे। मुझे तो खुशी है कि मैंने रघु का भविष्य अंधकारमय होने से बचा लिया, अब तक उसकी मेहनत पर पानी फिरने से बचा लिया। बेचारा रघु शहर में न जाने किस हाल में दिन गुजारता होगा; उसे खुद के खाने के ठिकाने न होंगे वह तुझे और इस होने वाले बच्चे को कहाँ से खिलाता, क्या पहनाता। उसकी वकालत की पढ़ाई छूट जाती, फिर तो अनर्थ ही हो जाता। पुष्पी तुम्हारे प्रति मेरे मन में कोई मलाल नहीं, क्योंकि मैं जितना प्यार तुमसे करता हूँ उतना ही रघु से भी; मेरा मकसद रघु को बरबादी से बचाना था, सो बच गया मैं खुश हूँ... और हाँ पंचायत के निर्णय के अनुसार तुम मेरी जितनी जमीन चाहो जुतवा लो। फिलहाल तो नया घर नहीं बनवा सकता, मैं जिस घर में रहता हूँ समझो वह तुम्हारा ही है; छह महीने के बाद लौटने पर हाथ में चार पैसे होते ही जमीन तुम्हारे नाम कर दूँगा और कोशिश करूँगा एक दो कमरे का घर भी बनवा दूँ। तुम निश्चिंत रहो, रघु के वकालत पास कर वकील बनते ही तुमसे उसका विधिवत् विवाह कराऊँगा यह मेरी जिम्मेवारी है। वादा करता हूँ, वह मेरी बात कदापि न काटेगा... तब पंचायत को मैं सँभाल लूँगा; पंचायत को सच बताकर कह दूँगा कि मेरी सजा का मुझे कोई मलाल नहीं यह रघु और मेरे हित में अच्छा ही हुआ।'' कुछ क्षण के बाद कन्हाई पुनः गम्भीर होकर बोला- ''पुष्पी! मैं अपने बीमार पिता को

तुम्हारे हाथों सौंपे जाता हूँ; उनका सिवाय मेरे तो और कोई रहा नहीं, अब तुम्हीं उनका कनुआ हो। बड़ी तमन्ना थी उन्हें बहू की, रोज रटा करते हैं जैसे बच्चे खिलौने को रटते हैं। बड़ा इंतजार कराया है मैंने... और जब उनका इंतजार खत्म हुआ...!'' गला रूँध गया कन्हाई का। कुछ पल बाद सँभलकर फिर बोला- ''कुछ दिन पहले ही आशा दिलायी थी मैंने पिताजी को कि इसी महीने उनकी बहू आ जायेगी तो फूले न समाये थे। पर समय को कौन जानता है; उनको समझाना, कहना बस अब और छह महीने, छह महने बाद उनकी बहू जरूर आ जायेगी।'' कन्हाई बोले जा रहा था। पुष्पी पश्चाताप के आँसू बहाये जा रही थी। हाय! मैंने यह क्या कर डाला, गलती किसकी सजा किसको। ''अब चलूँ मैं।'' यह कहकर कन्हाई घर को चल पड़ा।

घर जाकर कन्हाई ने अपने बूढ़े पिता को समझाया- ''पुष्पी तो बहू नहीं बन सकी, छह महीने बाद लौटकर मैं किसी से ब्याह कर लूँगा, फिर तो सब सामान्य हो जायेगा।'' बूढ़े पिता आँखों में आँसू लिये भरॉये स्वर में बोले- ''जिसे लायक समझकर गर्व से छाती फुलाये फिरा करता था, वह इतना नालायक निकला कि उसके कारण पुरखों की जमीन किसी स्त्री के हाथों देना पड़ा; तुम्हारी करतूतों के कारण अपने हाथों से बनाये घर को हिस्सा कर बाँटना पड़ा। क्या जरूरत थी उस कलमुँही से प्रेम रचाने की, इतनी बड़ी दुनिया में तुझे एक लड़की न मिली थी। सत्यानाश कर डाला! इज्जत मिट्टी में मिला दी तूने। कल को सपूत कहकर जिसे सराहा करता था अब क्या मुँह दिखाऊँ लोगों को। मना किया था शुरू में ही शहर मत जा, शहर के बूरे संस्कार पीछा नहीं छोड़ेंगे; आज हुआ न वही।'' वे फफककर रो पड़े। कहा जाता है बुढ़ापे के एक बूँद आँसू बचपन के सारे आँसुओं के बराबर होती है। कन्हाई बूढ़े पिता की आँसू देख अंदर ही अंदर काँप उठा। वह कैसे कहता कि ये करतूत उसके बेटे की नहीं किसी और की है। उसने चुपचाप अपने कपड़े थैले में डाला और पिता का चरण छूकर निकल पड़ा। पिता के जी में आया पैर खींच लें। उन्होंने कोशिश भी की, पर न जाने किस शक्ति से वे जोर लगाकर भी अपना पैर न खींच सके। चरणों में हाथ की छुअन से उनका दुःखी हृदय और तड़प उठा। उनके दिल ने कहा- कन्हाई जैसा संस्कारी सपूत यह काम कर ही नहीं सकता। कन्हाई ने घर से बाहर निकलकर एक झलक अपने घर

को देखा, फिर एक दीघ श्वास छोड़कर चल पड़ा। बूढ़े पिता लाठी टेकते घर से बाहर निकल आये। बूढ़ी तेजहीन आँखों से पुत्र को जाते देख लगा कलेजा निकलकर जमीन पर छटपटा रहा हो। उनका भावुक मन अंतरनाद कर कराह उठा। आह! यह कैसी तड़प है... कहीं जान न ले ले यह तड़प।

सभा समाप्ति के बाद कन्हाई की बातों से पश्श्चाताप करती हुई पुष्पी घर पहुँची। पुष्पी पर नजर पड़ते ही गुस्से से भरे उसके पिता बरस पड़े। ''लो आ गयी! कुलक्षणी, तुझे शर्म नहीं आई यहाँ आते... सारी इज्जत तो मिट्टी में मिला दिया अब मुझे मिलायेगी मिट्टी में। शायद अब जिन्दगी के अन्तिम दौर में बस यही बदनामी का भार ढोना बाकी रह गया था। इज्जत बनाते पचास बरस गुजार दिया, एक ही पल में तूने सारी इज्जत लुटा दी। दुश्मन के घर में भी तुझ जैसी कुलक्षणी पैदा न हो। तुमने प्रेम किया, गर्भवती हुई। दुःख तो जरूर हुआ पर मैंने नजरअंदाज कर दिया। आज पंचायत में पता चला कि यह कन्हाई का गर्भ है तो बड़ा सुकून मिला; चलो तूने प्रेम भी किया तो किसी सुयोग्य से। मुझे कोई ऐतराज न हुआ, तुम्हारी चिंता दूर हुई, पर पंचायत में तूने कन्हाई को न अपनाकर अपने ही पैरों कुल्हाड़ी मार ली, अपने ही हाथों अपना भाग्य संकट में डाल दिया। अब तक यह बात न सकझ सका कि तूने जिससे प्रेम किया उसे अस्वीकार क्यों कर दिया। क्या पाप किया मैंने तुम्हारे प्रति जो बदनामी की यह सजा इस बुढ़ापे में दे गयी तू। सोचा था- इकलौती हो, इस बूढ़े-बूढ़ी की लाठी होगी, किन्तु हाय! तूने तो इस उम्र में कमर झुका दी; सहारे की लाठी भी छीन ली और ऊपर से इस बुढ़ापे में बदनामी की गठरी सर पर डाल दिया... जा अब तुझे मैं कुछ नहीं कहता, अब तो तू हाथ में रही नहीं जो मन में आये कर।'' पुष्पी के पिता ताने देकर घर के अंदर चले गये।

पुष्पी सिवाय रोने के और कर ही क्या सकती थी। पुष्पी मानती है कि दुर्भावनावश वह पंचायत में कन्हाई के प्रति अन्याय कर बैठी, लेकिन वह अपने पिता को कैसे समझाये कि यह गर्भ कन्हाई का नहीं रघु का है, जिसे उसके पिता जानते भी नहीं। वह कैसे समझाये, कैसे सत्य बयान कर मुसीबत के ऊपर मुसीबत मोल ले।

पिता का दरवाजा बेटी के लिए खुला था। किसी ने मना भी न किया था... पर अभी-अभी पिता की दुतकार ने उसे घर के अंदर जाने से रोक रखा

था। पुष्पी को कुछ समझ में न आता था कि वह क्या करे, कहाँ सर छुपाये, कहाँ चेहरा छुपाये। अंततः उसने निर्णय किया कि वह पिता के घर में क़दम न रखेगी, वह अकेली ही कन्हाई के घर के किसी कोने में पड़ी आँसू बहायेगी, रोयेगी, चिल्लायेगी पर किसी को मुँह न दिखायेगी। वह चुपचात कन्हाई के घर की ओर दबे पाँव चल पड़ी। रास्ते में उससे किसी ने कुछ न कहा। सबों अपनी राह ली। यह वही पुष्पी हैं, जिसे रास्ते पर चलते देख क्या बूढ़ा, क्या जवान, क्या बच्चा... टोके बिना करेगी तसल्ली न होती थी। पुष्पी रास्ते भर सोचती रही कि अब वह इसी घर में रहकर अपने पापों का प्रयश्चित करेगी। कन्हाई अपने बूढ़े पिता की सेवा का दायित्व सौंप गया है तो वह उसे ही देवता समझकर सेवा करेगी। कन्हाई का त्याग अब उसे समझ में आया था।

पुष्पी ने कन्हाई के घर पहुँचकर देखा- बूढ़े पिता दीवाल पर शरीर टिकाये हताश पड़े थे। पुष्पी के सामने आते ही वे गुस्से से भर पड़े। चरण छूने को हाथ बढ़ाते ही उन्होंने अपना पैर खींच लिया। कभी वे इसी पुष्पी की अपनी बहू रूप में कल्पना कर फूले न समाते थे, आज सामने देखते ही बरस पड़े- ''आ गयी कलमुँही चुडैल... घर का सर्वनाश करके भी चैन न पड़ा तो गयी मुझे खाने। बेटे को तो दूर कर ही दिया, ले अब मुझे भी खा ले। क्या करूँगा अब जी कर मैं। इस घर को उजाड़कर इसी घर में बसने आयी है। बसे क्यों नहीं, पंचायत ने जो तुझे बसाने का ठेका ले रखा है। अरे बदचलन! तुझे निभाना नहीं था तो कनु से प्यार का ढोंग क्यों किया! हे भगवान...!'' विषादपूर्ण एक दीर्घ निश्वास के साथ वे उसी तरह हाँफते, थके से निराश, निढाल, दीवाल के सहारे टिके रहे। इनकी बातों का पुष्पी को बुरा न लगा क्योंकि यह हकीकत और स्वाभाविक बात थी।

पुष्पी को यहाँ रहते हफ्ता गुजर गया। अचानक एक दिन कन्हाई के पिता की तबीयत खराब हो गयी। शायद वे इस सदमें को बर्दाश्त न कर सके। सेवा के लिए पुष्पी सामने आयी। वह अपना कर्तव्य और कन्हाई का सौंपा कार्य समझकर उनकी तन-मन से सेवा करने लगी पर वह हर बार उनसे दुतकारी जाती।

आज पन्द्रह दिन गुजर गये। पुष्पी के पिता को जब उनकी बीमारी का पता चला तो वे अपने खर्चे पर डॉक्टरी इलाज कराये। पुष्पी तन-मन से सेवा

करती रही... पर इस सेवा के बदले आशीर्वाद मिलने की बजाय उसे कड़वी दुतकार ही नसीब होती। फिर भी पुष्पी दुत्कार को आशीर्वाद समझकर, कन्हाई के सौंपे कार्य को कर्तव्य समझकर सहर्ष स्वीकार कर लेती। अब तक शायद ही उसने कभी अच्छे मन से एक लोटा पानी भी बिना दुतकार स्वीकार किया हो। वे पुष्पी को ही अपनी दुर्गति का कारण मानते थे। पर अंततः पुष्पी की सच्ची सेवा ने उन्हें भी मोहित कर लिया। एक दिन बड़े प्यार से बोले- ''बेटी आज छाती में भारी पीड़ा हो रही है जरा गर्म तेल से मालिश कर दे।'' पुष्पी जैसे आज धन्य हो गयी। उसे वही आत्मसंतोष प्राप्त हुआ जो कि किसी तपस्वी को भगवान के खुश होकर साक्षात दर्शन देने पर होता है। वह झट कटोरी में तेल गर्म कर ले आयी। पुष्पी को आया देख उन्होंने अपनी गमछी खाट से हटा ली और सरककर बैठने को थोड़ी जगह दे दी। बोले- ''ओ बेटी बैठ।'' पुष्पी हाथ में तेल लेकर छाती पर लगाने लगी। आज शायद उन्हें वही सच्चा सुख प्राप्त हुआ जो उन्हें हमेशा बहू की सेवा की कल्पना कर सुख प्राप्त होता होगा। बोले- ''बेटी तुझे देखकर तो ऐसा नहीं लगता कि तूने कोई कपट किया है मेरे कनु के साथ; बूढ़ी आँखों की परख झूठी नहीं हो सकती, मुझे बता बेटी तूने कनु को क्यों अस्वीकारा?'' बहुत दिनों से पितृ प्रेम की भूखी पुष्पी भाव-विह्वल हो उठी। जैसे- कोई भूखा भोजन की कोई भी कीमत देने को तैयार हो जाता है उसी तरह वात्सल्य की भूखी पुष्पी ने इस प्यार का कीमत देने में कोई कोताही न की। उसकी आँखों में आँसू भर आये और लगातार बूँद-बूँद कर टपकते रहे। पुष्पी वे सारी घटनाएँ बताती चली गयी। कनु के पिता ने बड़े इत्मिनान की एक लम्बी आह भरी जैसे- उन्होंने जीवन की शेष सारी साँसो को एक साथ समेट लिया हो... और सदा के लिए अपनी आँखें मूँद ली। शायद वे इसी सत्य को जानने के लिए ठहरे हुए थे।

पुष्पी चीत्कार कर रो पड़ी। अभी तो वह पूरी बातें भी न बता सकी थी। हाय! यह क्या हो गया! मैं क्या वापस करूँगी कनु को जो वह मेरे जिम्मे सौंप गया था। क्या जवाब दूँगी मैं उसे। हे ईश्वर! यह दूसरा कलंक फिर मेरे सिर पर आ पड़ा... हाय! हाय रे नसीब। वह रोती रही।

रोने चिल्लाने की आवाज सुनकर अगल-बगल से लोग दौड़ पड़े। देखा कन्हाई के पिता खाट पर चित पड़े हैं। आँखें बंद मुँह खुला और पुष्पी छाती

पीट-पीटकर रो रही है। खबर गाँव में फैल गयी। पुष्पी के पिता के सहयोग से गाँव के लोगों ने दाह-संस्कार की प्रक्रिया पूरी की।

अभी दशकर्म भी न बीता था कि कन्हाई के नाम रघु की चिट्ठी आयी। पुष्पी ने जिज्ञासा भरी नजरों से चिट्ठी उलट-पलटकर देखा, पर काला अक्षर भैंस बराबर। उसने अपनी एक सहेली हेमा को बुला भेजा। वह कुछ पढ़ना जानती थी। हेमा डरी सकुचायी पुष्पी के पास पहुँची। पुष्पी, हेमा को देखते ही बोली- ''अरे हेमा आ... पर तू इस तरह क्यों सिकुड़ी चली आ रही है, ठण्ड लग रही है क्या?''

हेमा- ''गर्मी में ठण्ड लगेगी भला।''

पुष्पी- ''तो फिर क्यों भीगी मुर्गी की तरह आती हो, क्या मैं इतनी भ्रष्ट हूँ कि तुम बहनों-सी सखियाँ भी मिलने में संकोच करती हो?''

हेमा- ''ऐसी बात नहीं है, समाज से, घर वालों से डरना पड़ता है।''

पुष्पी सहज भाव से बोली- ''जब तुझे घरवाले मुझसे मिलने को मना करते हैं तो फिर आयी ही क्यों, मना कर देती।''

हेमा- ''बस रूठ गयी... बता क्या बात हैं?''

पुष्पी-''एक चिट्ठी आयी है जरा पढ़ दे।''

हेमा- ''ला।'' पुष्पी ने खाट के नीचे से चिट्ठी निकालकर हेमा को थमा दी। हेमा ने चिट्ठी उलट-पलटकर देखा और कहा- ''अरे यह तो कन्हाई के नाम रघु की चिट्ठी है!'' पुष्पी उछल पड़ी। उसका मुरझाया चेहरा खिल उठा। बोली- ''क्या लिखा हैं रघु ने?''

हेमा- ''यह तुम्हारी चिट्ठी नहीं कन्हाई की है, दूसरों की चिट्ठी नहीं पढ़ी जाती।''

पुष्पी- ''अब पढ़ो भी, या इतने वर्षों में तू भी पढ़ना भूल गयी?''

हेमा- ''नहीं तो।''

पुष्पी- ''तो फिर जल्दी पढ़ो।''

हेमा- ''तू कहती है तो पढ़ती हूँ; सुन... लिखा है...

प्रिय मित्र,

नमस्कार!

मैं कुशल रहकर नित्य तुम्हारी कुशलता की कामना भगवान से करता हूँ। पत्राशय है कि मैंने अब वकालत पास कर ली है और सिविल कोर्ट में वकालत शुरू भी कर दिया है। मित्र कन्हाई, तुम्हारे ही कारण मैं आज अपना सपना पूरा कर सका हूँ। मैं तुरंत ही गाँव आना चाहता हूँ पर नयी-नयी नौकरी के कारण समय नहीं मिल पा रहा है, समय मिलते ही मैं गाँव आ जाऊँगा, फिर दोनों मिलकर साथ मिठाइयाँ खायेंगे और फिर ढेर सारी बातें होगी।

तुम्हारा

रघु

हेमा चुप हो गयी।

पुष्पी- ''आगे पढ़।''

हेमा- ''बस इतना ही लिखा है।''

पुष्पी अधीर होते हुए बोली- ''ठीक से देख कुछ और भी लिखा होगा।''

हेमा- ''मैं अंधी थोड़े ही न हूँ।''

पुष्पी निराशा भरे स्वर में बोली- ''मेरे बारे में कुछ नहीं लिखा है?''

हेमा- ''तेरे बारे में भला क्यों लिखेगा वह?'' पुष्पी तुरन्त नजरें चुराकर सामान्य हो गयी और एक ठण्डी आह भरकर बोली- ''अच्छा ला।'' उसने हेमा के हाथों से चिट्ठी ले ली।

पुष्पी इस आस में दिन काटने लगी कि रघु की नौकरी हो गयी है, फुरसत मिलते ही वह ढेर सारे गहनों के साथ आयेगा और पुष्पी को ब्याह कर ले जायेगा। वह हर रोज रघु की राह देखने लगी। उस राह से गुजरने वाले हर अजनबी को वह आशा भरी नजरों से देखती। प्रथम मिलन की सुखद अनुभूति के बीच रघु की राह देखते, कल्पना कर मुस्कुरा पड़ती, रूठती, फिर

स्वयं को मनाती, फिर अधूरे सपने में लीन हो जाती। कल्पना में रघु से बातें करती, फिर उठकर राह देखने लगती। निराशा के बीच रघु की राह देखते तीन महीने गुजर गये।

वकालत शुरू करते ही जैसे रघु की किस्मत खुल गयी थी। उसने जिस उत्साह, जोश और ईमानदारी से काम शुरू किया उसके सामने केसों की लाइन लगने लगी थी। बड़े-बड़े केस आने लगे। तब फिर उसे फुरसत कहाँ कि वह इत्मीनान से बैठकर एक कप चाय भी पी ले। दिन-रात वह केस के फाइलों में ही सर खपाते व्यस्त रहने लगा।

रघु बहुत ही कम समय में शहर का नामी वकील हो गया था। बड़े-बड़े लोगों से सम्पर्क और परिचय बढ़ने लगा। कहाँ इसी शहर के फुटपाथों पर रातें गुजारने वाला रघु आज इस शहर का ताज हो गया था। इतनी कम उम्र में दिन दूनी रात चौगुनी तरक्की देख बहुत से सम्पर्की लोगों के हृदय पर साँप लोटने लगे थे। खासकर अपने ही गाँव के साथ पढ़ने वाले पूरनचन्द दास और हासिब मियाँ जो कभी रघु के गहरे दोस्त थे। अब उन्होंने भी इसी शहर में रघु के साथ ही वकालत में प्रवेश किया था और उससे काफी जलते थे। कारण था हासिब मियाँ और पूरनचन्द दास को खोजने पर कभी-कभार छोटे-छोटे केस मिलते थे जबकि रघु के पास केसों की लाइन लगी पड़ी थी। उन दोनों को हमेशा यह बात खलती थी कि कहाँ यह साधन विहीन रघु जो कभी उन्हीं दोनों के खर्चों पर पढ़ायी किया करता था, बदले में उनका खाना पकाता और बरतन साफ करता था, अब उनकी पहुँच से बाहर था। ऐसी दिन दूनी रात चौगुनी उन्नति देख किसे जलन न होगी भला। कभी-कभी रघु से मिलकर भले ही शिष्टाचारवश मुस्कराकर आपस में राम-सलाम हो जाता था, पर उन दोनों के चेहरे पर ईष्या भावना स्पष्ट झलक आती थी।

केसों की फाइलें सुलझाने में उलझा रघु अब रीमा को बहुत कम समय दे पाता था। रीमा को यह चिंता सताने लगी कि उसके पैसों से सींचा गया रघु, दौलत हो जाने पर कहीं हाथ से न निकल जाय। रीमा, रघु को शुरू से ही चाहती थी... यही कारण था कि वह रघु पर पैसे खर्च करने में तनिक भी कोताही न करती थी और यह बात शत-प्रतिशत सत्य भी थी कि आज का वकील रघुवीर सिंह रीमा के पैसों से ही बन पाया था। आज का वकील रघुवीर

सिंह, रीमा के प्रेम व पैसों का प्रतिफल था।

रीमा, रघु को किसी हालत में खोना नहीं चाहती थी। रीमा अपने शहरी जीवन में रोज ऐसे उदाहरण देख रही थी कि दौलत हो जाने पर मनुष्य कैसे फिर जाता है। रीमा ने अपने व्यवसायी पिता से रघु से ब्याह करने की इच्छा जतायी। उसने अपने पिता को रघु के बारे में जितना जानती थी सब बतला दिया। पहले तो वे किसी वकील से रीमा का ब्याह करने से कतराये क्योंकि व्यावसायिक दृष्टि से देखा कि वकालत का स्थायी आर्थिक आधार न था। कहीं चल पड़ी तो चल पड़ी, नहीं तो बैठे मक्खी मारते दिन निकल जाता है। वे देख चुके थे ऐसे वकीलों को जिन्हें कभी खाने तक की फुरसत न थी, पर आज वे खाना जुटाने में परेशान हैं। फिर भी रीमा की जिद पर और रघु की लगन को देख अनमने ही सही तैयार हो गये। रीमा के पिता रीमा को वकील बनाना चाहते थे। हालाँकि रीमा इकलौती सन्तान होने के कारण कभी भी उन्होंने दबाव न डाला था। वह रीमा को वकालत की पढ़ायी के लिए भी प्रेरित किया था जिसे रीमा एक बोझ समझकर ढो रही थी। परिणाम हुआ रीमा वकालत पास न कर सकी थी। बेटी वकील न सही दामाद तो वकील मिला... शायद यही सोचकर रीमा के पिता को खास ऐतराज न था। हाँ वकालत के अस्थायित्व को लेकर वे चिंतित जरूर थे। पर उनकी सामान्य-सी सोच था। यदि भविष्य में रघु की वकालत ठप हो गयी तो वे अपना सारा व्यवसाय उसे सौंप देंगे। चूँकि तब तक शायद वे व्यापार देखने लायक भी न रह जायेंगे... तब तो दामाद की जरूरत पड़ेगी ही।

रीमा कई बार शादी के सम्बन्ध में अपने पिता से मिलने का प्रस्ताव रघु के पास रख चुकी थी, पर काफी व्यस्तता के कारण रघु इस प्रस्ताव को हर बार किसी न किसी बहाने टाल जाता था। एक दिन अचानक बिना किसी पूर्व सूचना के रीमा के पिता रीमा के साथ रघु से मिलने जा पहुँचे और बातों ही बातों में शादी की तारीख पक्की कर गये। रघु को न हाँ करते बना, न ना कहते और न ही उसे कुछ सोचने-समझने का मौका ही मिला। आधे घण्टे की मुलाकात में ही यह सब अचानक इस तरह हुआ कि रघु चाहकर भी कुछ न कह सका।

रघु के सामने वह चित्र उभर आया जब पुष्पी के साथ उसका शरीर

एकाकार हुआ था। वह जानता था कि रीमा से शादी पुष्पी के साथ अन्याय होगा। पुष्पी न ही कुरूप थी, न ही उसमें कोई कमी थी। रघु उसे सहर्ष अपनाने को तैयार था... लेकिन रघु पर रीमा के इतने एहसान थे कि वह चाहकर भी पुष्पी के बारे में न सोच सकता था। रघु यह अच्छी तरह जानता था कि रीमा उसे इतनी आसानी से छोड़ने वाली भी न थी। उसने अपने पैसे यूँ ही रघु को बनाने में न लुटाये थे। रघु पर खर्च किये गये पैसों को न ही कर्ज कहा जा सकता था, न ही पैसे पड़ाये। उसने तो सींचा है अपने प्यार को। रघु को समझ में न आ रहा था कि वह क्या करे। यदि एहसान होता पैसों का तो पैसे चुकाये जा सकते थे... पर प्यार का बदला प्यार से ही चुकाया जा सकता था। यदि वह रीमा से शादी करता है तो पुष्पी से अन्याय होगा और यदि वह पुष्पी से शादी करता है तो रीमा से अन्याय होगा। वह कोस रहा था उस मनहूस घड़ी को जब वह पुष्पी से रत रहा था।

आज रघु की तर्कशास्त्र की कोई विद्या काम न आ रही थी। सैकड़ों गुत्थियाँ सुलझाने वाला आज स्वयं ही उलझकर रह गया था, दूसरों को न्याय दिलाने वाले को आज खुद किसी से अन्याय करना होगा। रीमा ने उसका भविष्य बनाने को पैसा, प्यार तो दिया है, लेकिन क्या पुष्पी ने उसकी महीनों निस्वार्थ सेवा नहीं की थी। अपना सब कुछ इज्जत, आबरू, अपना शरीर तक सौंप दिया है। एक नारी के लिए इससे बढ़कर सम्पत्ति और क्या हो सकती भला वह क्या था। क्या वह प्यार नहीं। पैसा ही प्यार का संकेत है। बेचारी पुष्पी के पास पैसे न थे, कहाँ से देती भला। दोनों ने त्याग ही तो किया... त्याग का विषय भले ही अलग हो। ओफ! यह इतनी बड़ा उलझन! कोई तर्क काम नहीं आता।

काफी दिमागी मंथन के बाद वह इस निर्णय में पहुँचा। अब तक न ही उसने पुष्पी की खबर ली थी और न ही पुष्पी के द्वारा ही कुछ खबर लिया गया था। सम्भव है पुष्पी उसे भूल चुकी होगी या फिर उसका अन्यत्र विवाह हो गया होगा। अब इस समय पुष्पी की खबर लेकर गड़े मुर्दे उखाड़ने से क्या लाभ... जो सामने पड़ा है उसे ही देखना उचित है। रघु यह मानता था कि आज वह जो कुछ भी है रीमा के कारण है अन्यथा न ही रघु में खुद इतनी हैसियत थी कि वह वकालत की पढ़ायी पूरी कर पाता, न ही कन्हाई की मदद उसे यहाँ तक

पहुँचा पाती। अंततः उसे इस सोच के साथ संतोष करना पड़ा कि जो होगा ईश्वर की मर्जी से अच्छा ही होगा। ईश्वर की मर्जी भी शायद यही थी।

शादी की बात से रघु को उतना उत्साह नहीं जैसा कि हर किस का वर्षों के इंतजार के बाद दुल्हा बनने का सौभाग्य होता है... क्योंकि पुष्पी के साथ अन्याय करने का भय था जो उसकी खुशी को खुलकर सामने आने से रोक रहा था।

एक दिन डाकिया एक बड़ा लिफाफा पुष्पी को थमा गया। पुष्पी हेमा को बुला भेजी। हेमा ने थोड़ी देर में आने की बात कही। पुष्पी को धैर्य कहाँ जो थोड़ी देर लिफाफे को तख्त पर रख दे। वह स्वयं धीरे-धीरे हेमा के घर चल पड़ी। उसने हेमा के घर पहुँचकर आवाज लगायी- ''हेमा! ओ हेमा! जरा सुन तो बहन।'' पुष्पी की आवाज सुन हेमा दौड़ी आयी। बोली- ''कहलाया तो था थोड़ी देर में आऊँगी, इस स्थिति में इतनी दूर चलकर आने की क्या जरूरत थी।''

''मुझे कुछ न होगा, ले इस चिट्ठी को पढ़ जरा।'' पुष्पी, हेमा की ओर लिफाफा बढ़ा दी।

हेमा- ''यह किसकी चिट्ठी है?''

पुष्पी- ''यह पढ़ सकती तो यहाँ काहे को दौड़ती।''

हेमा लिफाफा खोलकर पढ़ने लगी।

पुष्पी- ''चुपचाप क्या पढ़ती है। हमें भी तो सुना।''

हेमा- ''पहले पढ़कर समझ लेने दे फिर सुनाती हूँ।''

पुष्पी- ''समझना क्या है, जो लिखा है सो पढ़।''

हेमा- ''यहाँ मंत्र लिखा है शादी का, पढ़ूँ?''

पुष्पी- ''किसकी शादी का?''

हेमा- ''सबकी की शादी में एक ही मंत्र पढ़ा जाता है, अलग नहीं।''

पुष्पी- ''यह पत्र किसका हैं?''

हेमा- ''इसे रघु ने भेजा है कन्हाई को, अपनी शादी का निमंत्रण कार्ड।''

पुष्पी- ''रघु की शादी?''

हेमा- ''हाँ रघु की शादी। लड़की का नाम रीमा है, शहर में ही शादी है और परसों की तारीख है।''

पुष्पी अस्पष्ट लड़खड़ाती, खेद व निराशा भरे स्वर में बोली- ''रघु की शादी!'' जैसे पुष्पी को काठ मार गया हो।

हेमा- ''आगे लिखा है... माफ करना कन्हाई, शादी के इस खुशी के मौके पर समयाभाव के कारण मैं तुम्हें लेने न आ सका... तुम्हारे इन्तजार में।

तुम्हारा रघु।''

पुष्पी चुपचाप मुड़ी और धीरे-धीरे घर की राह ली। हेमा को उसका विचित्र व्यवहार समझ में न आया कि वह बिना कुछ कहे, बिना कार्ड लिये मौन चली जा रही है। पुष्पी किसी तरह घर तक जा पहुँची। फिर तो बिस्तर में मौन पड़ी रही.... (इस तरह की परिस्थितियों का एक घटक, विशेषकर प्रेमी, पाठक संक्षिप्त दशा और वेदना का अनुभव करने में कहीं ज्यादा सक्षम हैं बनिस्बत पढ़ने के)

शाम को वह निश्चय कर उठी कि वह किसी भी हाल में रघु की शादी न होने देगी। वह स्वयं शहर जायेगी और रघु से अपने हक की माँग करेगी... रोयेगी, मिन्नतें करेगी, गिड़गिड़ायेगी, प्रार्थना करेगी। उसे न रघु का पता मालूम था, न ठिकाना। हेमा के घर से आते जिसके हालत पस्त हो गये थे वह इन्हीं पैरों शहर जायेगी। वह निश्चय कर उठी और एक थैले में अपने कपड़े डाल लिया। सुबह भोर होने से पहले ही वह शहर के लिए रवाना हो जायेगी।

बला को कुछ और ही मंजूर था। आधी रात को पेट में दर्द उठा और वह दर्द से छटपटा उठी। आस-पास की औरतें चिल्लाहट सुनकर दौड़ी और पुष्पी को सँभाला। सुबह होते ही पुष्पी ने एक सुन्दर बच्ची को जन्म दिया। वह बिलकुल माँ की शक्ल उतार लाई थी। वह पुष्पी ही थी, नन्ही पुष्पी।

अब शहर जाने की कौन सोचे, तो अब खाट से उठने तक की शक्ति न थी। पुष्पी के सारे अरमान चकनाचूर हो गये। अब वह न घर की रही न घाट की।

चार महीने गाँव के बाहर इधर-उधर समय काटने के बाद कन्हाई मन न लगा तो वह रघु के पास शहर यह सोचकर आ गया कि चलकर मुलाकात भी हो जायेगी और समाचार भी मालूम हो पायेगा। चार महीने से दाल-चावल कुछ भेजा ही नहीं, न ही उसका कुछ समाचार मालूम हुआ। चिट्ठी आयी भी होगी तो गाँव में... न जाने कैसे गुजारा करता होगा।

कन्हाई, रघु के पते पर पहुँचा पर उसे वहाँ रघु न मिला। मकान मालिक से उसने रघु के बारे में पूछा- ''यहाँ रघुवीर सिंह नाम का एक वकालत का छात्र रहता है?''

मकान मालिक- ''रहता था, अब नहीं रहता... और हाँ अब वे वकालत के छात्र नहीं रहे, वकील बन गये हैं, शहर के नामी वकील।'' वकील बनने की बात सुन कन्हाई फूला न समाया।

कन्हाई- ''क्या आप बता सकते हैं कहाँ उनसे मुलाकात होगी?''

मकान मालिक- ''यह तो नहीं पता पर आज ओबेरा होटल के एक पार्टी के मेजबान वे स्वयं हैं, आप चाहें तो वहाँ मिल सकते हैं।''

कन्हाई के मन में मारे खुशी के लड्डू फूट रहे थे। इतना खुश तो शायद रघु भी न हुआ होगा अपनी नौकरी पर। वह उतावलेपन में यह भी न सोच सका कि उस महँगे होटल में उसकी औकात एक भिखारी से ज्यादा न होगी। उसने टैक्सी रोकी और चल पड़ा ओबेरा होटल। उसे तो सिर्फ अपने रघु से मिलने की उत्कट लालसा थी। दौड़ पड़ा प्यासा कुएँ की ओर... यह भी न सोचा कि पानी गहराई में है, बिना रस्सी के, बिना साधन के पहुँचना मुश्किल है। वह अंदर जाने को बढ़ा, पर फटेहाल देखकर दरबान ने उसे बाहर ही रोक लिया।

कन्हाई दरबान के आगे हाथ जोड़कर बोला- ''मैं रघुवीर सिंह का अपना आदमी हूँ।''

दरबान ने व्यंग्य किया- ''अरे यार अभी तक तुम्हारे जैसे पचासों खास आदमी आ चुके मेरे पास, सबको भगा दिया मैंने।''

कन्हाई दास ने प्रार्थना किया- ''आप मुझ पर विश्वास करें।''

''वे भिखारी भी यही कहते थे; किस किस पर विश्वास करूँ।'' दरबान ने दुत्कारा।

दूसरा दरबान- ''तुम जैसों पर विश्वास कर क्यों अपनी नौकरी दाँव पर लगाऊँ।''

कन्हाई दास- रघु दोस्त है मेरा।''

दरबान- ''अच्छा मान लिया... इनविटेशन तो दिया होगा, कहाँ है इनविटेशन दिखा।''

कन्हाई दास- ''मुझे कोई इनविटेशन नहीं और न ही मुझे इस पार्टी का पता था, मैं तो सिर्फ उससे मिलना चाहता हूँ।''

दरबान- ''बड़ी मुश्किल से समय निकालकर पार्टी दी, दिन-रात तो मिलने वालों की लाइन लगी ही रहती है, अब यहाँ भी चैन से आज का वक्त नहीं गुजारने दोगे क्या... पार्टी के बाद भी तो मिल सकते हो।''

दूसरा दरबान- ''अरे यार इतनी देर से काहे को माथा खाये जा रहे हो, हमें अपना काम भी तो करने दो। देखते हो मेहमान आते जा रहे हैं, चलो किनारे हटो।''

कन्हाई दास- ''सिर्फ उन तक यह खबर पहुँचा दो कि कोई कनु आया है।''

पहला दरबान डाँटकर बोला- ''पार्टी के बाद बहुत सारी खाने-पीने की चीजें बचेंगी चिंता काहे को करते हो, चलो जाओ अभी यहाँ से।'' कन्हाई को चोट लगी। वह एक तरफ जाकर खड़ा हो गया। मन में आया यहाँ से चल दे... पर कहाँ जाता वह इतनी रात गये। और कुछ नहीं तो रघु किसी कमरे की, जहाँ की रहता है, वहाँ का चाभी दे देता। थका हूँ, खाता न खाता, पड़ा रहता। क्या करे यहाँ तो ये दोनों यमदूत जाने ही नहीं देते। क्या उपाय करूँ,

कैसे रघु को खबर भिजवाँऊ। चलकर एक बार फिर मिन्नत करूँ शायद दिल पिघल जाय। वह फिर चला दरबान के पास। बोला- ''चलता हूँ पर रघु को बोल देना कनु आया था। ''यह वाक्य बगल से गुजरते एक साहब ने सुन लिया। चेहरा देखा, पहचान लिया। यह कनुआ है। रघु से ईष्र्या रखने वाला पूरनचंद दुष्टतापूर्वक मुस्करा पड़ा। अच्छा मौका मिला उसे रघु का मजाक बनाने का। एडवोकेट पूरनचंद और एडवोकेट हासिब मियाँ दोनों सादर आमंत्रित थे इस पार्टी में। पीछे से हासिब मियाँ भी आ पहुँचे। पूरनचंद, कनुआ को रोककर अपनी पहचान छुपाते हुए चेहरा छुपाकर और आवाज परिवर्तित कर दबी जुबान से बोला- ''अरे भाई तुझे रघुवीर सिंह से मिलना है न?''

कन्हाई खुश होकर- ''जी हाँ।''

पूरनचंद- ''तुम यहीं बैठो मैं अभी खबर किये देता हूँ।'' यह कहकर पुरनचंद चल पड़ा। कन्हाई अँग्रेजी पोशाक में लिपटे पूरनचंद को न पहचान सका। वह मन-ही-मन अजनबी समझकर उसे ढेर सारी दुआएँ देने लगा।

पूरनचंद प्रसाद मन ही मन सोचता जा रहा था- अच्छी इज्जत उतारेगा फटेहाल कनुआ, रघु की। हासिब मियाँ और पूरनचंद प्रसाद को देखकर रघु ने गले से लगा लिया। भले ही उन दोनों का हृदय ईष्र्याग्नि से जल रहा हो, पर रघु अपने कहे जाने वाले लँगोटिया यार को गले लगाकर हृदय से ठण्डक महसूस किया। पुराने परिचय और गाँव के अपने कहे जाने वालों में सिर्फ वे ही दोनों थे, बाकी सब तो मात्र परिचित थे। गले लगाने के क्रम में ही पूरनचंद ने धीरे से रघु के कान में कहा- ''कनुआ आया है।'' मात्र कनुआ नाम सुनते ही रघु चौंक पड़ा... आगे और कुछ सुनने की जरूरत ही क्या थी भला। बोला- ''कहाँ हैं?''

पूरनचंद-''बाहर।''

रघु बेतहाशा बाहर दौड़ा।

पूरनचंद और हासिब मियाँ एक-दूसरे को देखकर मुस्कुरा पड़े। उनके कलुषित मस्तिष्क ने सोचा- रघु बाहर दौड़ा गया है, अभी कन्हाई की स्थिति देखकर हाथ जोड़कर कहेगा- आज मेरी इज्जत तुम्हारे हाथों है, दया कर आज

भर के लिए यहाँ से चला जा।'' उन दोनों की आँखें रघु का मलिन चेहरा देखने को आतुर थीं... पर यह क्या! रघु ने दौड़कर कन्हाई को गले लगा लिया। कन्हाई हक्का-बक्का देखता रह गया। एक बार तो उसे विश्वास न हुआ कि वह रघु है। आँखों ने आँखों को देखा। दोनों को बड़ा आत्मसंतोष हुआ। दोनों आँखें तृप्त हो गयीं। कन्हाई को मजाक सूझा- ''अरे रघु! तू इतना मोटा हो गया, मैं तो सोचता था वही पतलू होगा तू; कुछ ज्यादा ही फीस लेते हो क्या, चर्बी हो गयी है।'' रघु ठहाका लगाकर हँस पड़ा। ऐसी स्वच्छंद हँसी उसे वर्षों बाद नसीब हुई थी। वह भूल-सा गया था ठहाके को इस खिच-खिच की जिन्दगी में।

बाहर खड़े बहुत सारे प्रतिष्ठित मेहमान यह दृश्य देख अवाक रह गये। दरबान तो मानों, बड़ी-बड़ी आँखों वाली खुले मुँह की मूर्ति हो। पार्टी में बड़े-बड़े प्रतिष्ठित लोग उपस्थित हुए थे, पर रघु से किसी ने ऐसा सम्मान नहीं पाया था। सभी इस जिज्ञासा में उलझे रहे कि यह फटी धोती वाला अजनबी आखिर है कौन। रघु, कन्हाई के कंधों पर हाथ रखे आपसी बातों में मशगूल अंदर आ गया। कन्हाई को पाकर वह इतना मुदित हो गया कि उसे शहर का दिखावटी शिष्टाचार निभाने की सुधि ही न रही, न ही उसे अगल-बगल देखने की फुरसत ही रही। इससे बहुत से मेहमान अपना अपमान भी महसूस करने लगे। पूरनचंद और हासिब मियाँ तो जैसे जलकर खाक हो गये।

रघुवीर, कन्हाई दास के कंधे पर हाथ रखे सीधा स्टेज तक जा पहुँचा। उसने कन्हाई को स्टेज पर स्थित अपनी कुर्सी पर बिठाया और सबके सामने ऐलान किया। बोला- ''यहाँ उपस्थित वृन्द! आदरणीय सज्जनों! दोस्तों और आगन्तुक सज्जनों! आप जरूर सोचते होंगे कि आखिर यह अजनबी कौन हैं। मैं इनका भी परिचय कराना चाहूँगा-ये हैं हमारे सबसे अच्छे मित्र कन्हाई दास जी; आज मैं जो कुछ भी हूँ सब इन्हीं की वजह से हूँ, यही मेरी प्रेरणा रहे यही मेरी शक्ति हैं, इन्हीं के प्रोत्साहन और प्रेरणा से मैं एक मजदूर का बेटा आज इस स्टेज पर हूँ। आज ये हमारे बीच बड़ी मुद्दत बाद पधारे; यह मेरा परम् सौभाग्य है। इस खुशी के मौके पर इनके आगमन से मेरी खुशी दोगुनी हो गयी है और आज इस खुशी के मौके पर मैं इन्हें मुख्य अतिथि घोषित करते हुए इस पार्टी में तहे दिल से इनका स्वागत करता हूँ... आपका स्वागत हैं!''

कन्हाई की ओर मुख़ातिब होकर रघु ने हाथ जोड़कर आह्लादित मन से खुशी जताते हुए मुस्कुराकर कहा। कन्हाई के स्वागत में अनमने ही सही पर शिष्टाचारवश तालियाँ बज उठीं।

कन्हाई दास की आँखें बिजली-बत्ती की चकाचौंध से चौंधिया गयी थीं। उसने इतनी सुन्दर और स्वर्ग जैसी दिखने वाली महफिल में कभी पहुँच पाने की कल्पना भी न की थी। वह इस महफिल के ऐश्वर्य को देखता ही रह गया।

कन्हाई दास को चीफ गेस्ट बनाने की घोषणा मात्र से ही बहुत से मेहमान नाराज हो गये थे और चीफ गेस्ट के सम्मान व तारिफ से तो जैसे-इज्जतदारों की इज्जत ही उतर गयी हो। बहुत सारे मेहमान रघु के इस कार्य पर आपत्ति व्यक्त करते हुए आपस में कानाफूसी शुरू कर दिये। एडवोकेट रघुवीर सिंह को चीफ गेस्ट के रूप में और कोई न मिला तो इस फटी मटमैली धोती वाले कंगाल देश के भिखारी को चीफ गेस्ट बना दिया, रघुवीर सिंह ने हम सबकी नाक काटने को यहाँ बुलाया है, हमें जलील करने को रघुवीर सिंह ने कोई कसर नहीं रख छोड़ा।''

''अरे जाने भी दो, वकील भले है, इसे दुनियादारी क्या पता। मजदूर का बेटा है संस्कार क्या जाने।'' ''अच्छे-बुरे का खयाल होता तो यहाँ इतने सारे पढ़े-लिखे प्रकाण्ड विद्वानों को छोड़ किसी जंगली बंदर को चीफ गेस्ट न बनाता। देखे तो शक्ल चीफ गेस्ट की है न आदिम मानव।'' इन बढ़ी हुई दाढ़ी-मूँछों में कौन सी सुन्दरता या विद्वता नजर आयी भला एडवोकेट रघुवीर सिंह को।'' यह घाटी के लायक नहीं है, गलती से हम जंगलियों की मेजबानी में आ फँसे।'' इस पार्टी में इज़्ज़त, सम्मान, शिष्टाचार की उम्मीद करना हमारी बेवकूफी ही नहीं स्वयं की तौहीन भी है।''

रघु के 'परम मित्र' जैसे सम्बोधन से और एक अर्द्धशिक्षित कन्हाई को इतना सम्मान देने से काफी लोग अपमानित महसूस कर रहे थे। यदि किसी दोस्त को ही सम्मान देना था तो उन दोनों वकील मित्र को न देकर एक असभ्य व्यक्ति को सम्मान दिया जबकि बहुत से लोग जानते थे कि रघुवीर सिंह का पूरनचंद और हासिब मियाँ भी पक्के मित्र हैं। शहर के नामी-गिरामी और प्रतिष्ठित लोग भी काफी नाराज थे कि रघुवीर सिंह ने उन्हें सम्मान के योग्य न

समझा। उसने उन लोगों को एक जंगली असभ्य मानव से भी कम समझा जो उनमें से किसी को चीफ गेस्ट न चुनकर एक नितान्त अपरिचित को बनाया। रीमा तो जल-भुनकर खाक हो गयी। प्रेरणा, शक्ति और साधन का श्रेय जिसे मिलना चाहिए उसे न मिलकर किसी और को मिल रहा था। जिसके पैर में फटी चप्पल लटक रही हो वह रघु को इस ऊँचाई तक क्या पहुँचा सकता है यह सोचने की बात थी।

रीमा के पिताजी अपमान का घूँट पीते, सर झुकाये लोगों से नजरें चुराते खड़े थे। वे मन ही मन रघु को कोसे जा रहे थे। ये कैसी नादानी है रघु की... आखिर उसने अपनी औकात दिखा ही दी। बेवकूफ ने आज हमारा सर झुका दिया। अभी से ही उन्हें शक होने लगा था कि रीमा जैसी मॉडर्न लड़की इस जंगली के साथ निभ सकेगी। बहुत से मेहमान नाराज होकर बिना कुछ खाये-पिये चले जा रहे थे। महफिल खाली होती जा रही थी। पर उसी महफिल में कुछ ऐसे भी सज्जन थे जो इस दोस्ती को देख वाह! कर उठे। कलियुग में कहाँ मिलेगी देखने को ऐसी दोस्ती की मिसाल। द्वापर में तो सुदामा-कृष्ण की मित्रता सुना था, पर आज उस मित्रता की झलक साक्षात् देखने को मिल गया।

पार्टी का सारा मजा किरकिरा हो गया था। बहुत से मेहमान अपमान महसूस कर उठकर चले गये। अंततः रीमा से बर्दाश्त न हुआ। वह घायल शेरनी की तरह गरजी- ''ले जाओ अपने इस जंगली मित्र को यहाँ से! अब बहुत तमाशा बना लिया... न जाने कहाँ-कहाँ से चले आते हैं ये भिखारी नाक कटवाने।'' यह कहकर वह भी बाहर चली गयी। इसके बाद तो बाकी के सारे मेहमान भी छूमंतर हो गये।

मेहमानों के जाने के बाद कन्हाई ने भारी मन से कहा- ''तुमने आज बड़ा ही गलत काम किया, क्या पड़ी थी मुझे गेस्ट बनाने की... सबको दुःखी किया, सबकी नाक कटी। कम से कम मेरी औकात भी तो देख ली होती। इस महफिल में जो सौ रुपये प्लेट का भोजन है उतने के तो मेरे तन पर कपड़े नहीं, फिर क्या समझकर तूने ऐसा मजाक किया...।''

रघु- ''भले तुझे मजा न आया हो पर मुझे बड़ा मजा आया, बाकी दुनिया जाय भाड़ में। तू ही सोच जरा मैंने कौन-सा गलत कर दिया, कौन-सा झूठ

बोला। ये शहरी लोग ऐसे ही होते हैं... खोखली इज्जत इज्जत टाई की खूबसूरती पर आँकी जाती है। हाँ मुझे बेहद अफसोस है रीमा की कड़वी बातों का; गुस्से में कोई भी कुछ भी बोल देता है। रीमा को ऐसा कदापि न कहना चाहिए था, मैं उसकी ओर से क्षमा चाहता हूँ... शहर की है, अपने शहरी परिजनों का अपमान बर्दाश्त न कर सकी बेचारी।''

कन्हाई- ''तूने भी तो कम गलती न की।''

रघुवीर सिंह-''मेरी अंतरात्मा कदापि नहीं स्वीकारती कि मैंने कोई गलती की है।''

कन्हाई दास- ''वकील बन गया, क्या तुझे इतनी जरा-सी दुनियादारी नही मालूम कि इतने बड़े-बड़े प्रतिष्ठित लोगों के बीच किसी अस्तित्वहीन के सर में ताज पहना दो; इतना बड़ा अपमान वे सहज ही झेल सकेंगे भला।''

रघुवीर सिंह- ''जो मेरा दिल कहता है, मैं वही करता हूँ। आज लोग कहते हैं। मैं बहुत कम समय में ही एक नामी वकील हो गया हूँ। मैं मानता हूँ कि मैं शायद इतनी जल्द तरक्की इसलिए किया कि मैंने सदा दिल की सुनी है, मैंने सदा गरीबों का केस लिया है और विजयी हुआ हूँ। भले मैं आज नाजायज पैसा नहीं कमाता, पर नाम है। आज मैं दुनियादारी का नजरिया अपनाता तो शायद बहुत पैसा कमाता, पर दिल हमेशा दुतकारता रहता। हाँ कन्हाई, जब हम इसी शहर में साथ थे तो तुम ही कहा करते थे- ''तुम बड़ी मुसीबतों पर भी कैसे मुस्कुराते रहते हो। राज वही था, मैं दिल की बात सुनता था, भूखे पेट भी प्रसन्न मुस्कुराता रहता था। मैंने एक बार गलती की है दिल की बात न सुनकर, क्योंकि मुझे किसी भी तरीके से वकील बनना था। वकील तो बन गया पर हर रोज मेरा दिल मुझे धिक्कारता है, कायर कहता है; हर पल मैं रोता हूँ इतनी सम्पन्नता के बावजूद। अब मैं दुबारा ऐसी गलती नहीं करना चाहता जिसकी ग्लानि मुझे हर पल कमजोर बनाती रहे।''

कन्हाई-''तू क्या कहे जा रहा मुझे समझ में नहीं आ रहा।''

''तू सब समझता है।'' रघु ने कन्हाई की ओर देखकर एक दीर्घ रहस्यपूर्ण मुस्कान ली। कुल पल बाद सँभलकर रघु फिर बोला-

''मुझे वकील बनना था। मुझे एक दिन लगा कि सिर्फ शरीर और दिमाग रगड़ने से वकील नहीं बन सकता, इसके लिए पैसे चाहिए और पैसे कहाँ थे हमारे पास... इसलिए मैंने पैसे वाली रीमा की दोस्ती मजबूरीवश न नकार सका। फिर क्या था, मैं बिक गया उन पैसो से रीमा के हाथों। कठपुतली बनकर रह गया हूँ मैं। नमक खाया है मैंने उसका कैसे हलाली करता... और आज तुमने देखा नहीं उस गलती का परिणाम कि कैसे वह तुझे गालियाँ दे गयी। मुझे कोई चार जूते लगा देता तो थोड़ी देर दर्द बर्दाश्त कर लेता, पर तुम्हारा अपमान शायद जिन्दगी भर टीसता रहेगा इसलिए अब मैं दोबारा गलती नहीं करना चाहता।''

कन्हाई- ''तेरी कहानी तो समझ में आयी नहीं पर बता ये रीमा कौन है और तुम्हारा उससे क्या मामला है?''

रघु-''तुझे शादी में लेने न आ सका इसलिए नाराज हो?''

कन्हाई-''अरे मैंने रीमा की बात पूछा और तुम यह किसकी शादी की बातें कर रहे हो?

देखो भाई, मैंने तो वकालत पढ़ी नहीं, तुम्हारा उलटा-सीधा तर्कशास्त्र मेरी समझ से परे है, सीधी-सीधी बात कहो।''

रघु- ''शादी की परिस्थितियों को जान जाओगे तो नाराजगी छोड़ दोगे।''

कन्हाई-''वकील बनने के बाद तुम्हारा दिमाग और बात उलटी- सीधी जरूर हो गयी पर सीधी-सीधी बात करना तो भूल नहीं गये?''

रघु-''वकील हूँ एक से एक मुजरीमों का भाव ताड़ जाता हूँ मिनटों में कि वह सोचता क्या है और बोलता क्या है, तुम्हारा मजाक मुझसे पार नहीं पा सकता।''

कन्हाई- ''तुम तो तर्कशास्त्र की भाषा बोले जा रहो हो। कहाँ मैंने पूछा यह रीमा कौन है और तूने न जाने क्या-क्या कहकर रख दिया। मैंने कहा न मैं गाँव का एक गँवार हूँ, ऐसी भाषा सिर के ऊपर पार हो जाती है।''

रघु-''अच्छा बता तू यहाँ क्यों आया है?''

कन्हाई-''तुमसे मिलने और क्यों।''

रघु-''सिर्फ मुझसे मिलने?''

कन्हाई- ''और नहीं तो क्या शहर देखने।''

रघु-''तेरी बुझऊवल के सामने अब मेरी तर्कशास्त्र शायद न चलेगी' अच्छा बता शादी में क्यों नहीं आया?''

कन्हाई-''किसकी शादी?''

रघु-''ओफ्फ...! अब तो तू शरारत पर उतर आया। कहा न तेरी बुझऊवल के सामने मेरा तर्क घुटना टेकता है।''

कन्हाई- ''मैं सच्ची पूछता हूँ किसकी शादी?''

रघु-''मेरी शादी और क्या।''

कन्हाई का तो जैसे होश ही गुम हो गया हो। गया था पानी में नहाने, क्या पता कि डूब मरूँगा। कन्हाई की सारी खुशियाँ धरी की धरी रह गयीं। वह बड़ी मुश्किल से बोल सका- ''तुम्हारी शादी... किसके साथ?''

रघु- ''इसका मतलब तुम्हारे पास विवाह का निमंत्रण कार्ड न पहुँच सका।'' कन्हाई ने कुछ जवाब न दिया। रघु फिर बोला- मैं सोच रहा था तुम मजाक कर रहे हो। पर पार्टी में कैसे पहुँचे?''

कन्हाई होश सँभालकर बोला- ''बस भटकते हुए आ पड़ा।''

रघु-''जाने दो, जो होना था हुआ, पार्टी में तो आये। मेरी शादी रीमा के साथ हुई। रीमा मेरी पत्नी है। हाँ यह दिल की बात न मानने की सजा है, पर यदि दिल की बात मानता तो शायद वकील न बन पाता। मैं मानता हूँ रीमा के पैसों और अपनी मेहनत से ही वकील बन पाया।''

दोनों एक-दूसरे से नजरें चुरा रहे थे। रघु सोच रहा था कहीं कन्हाई को मेरी और पुष्पी की एक रात की लगती का पता तो नहीं। क्या वह पुष्पी के बारे में पूछ ले? नहीं-नहीं गड़े मुर्दे क्यों उखाड़ूँ जान-बूझकर, अब तो बात दबी ही रहे तो बेहतर है। सम्भवतः कन्हाई को वह बात मालूम न हो। सम्भवतः कन्हाई

को वह बात मालूम न हो। हो सकता है पुष्पी का तो अब तक कहीं ब्याह भी हो गया होगा। नहीं भी हुआ हो तो आज न कल ब्याह कर चली ही जायेगी। अच्छा है इस बात का जिक्र न ही हो। इधर कन्हाई सोच रहा था कि पुष्पी तो गयी ही, क्यों बेचारे रघु को एक और चिन्ता दे दूँ। इसने तो अपनी मजबूरी बयान कर ही डाली। हाँ, गलती तो उसने की है, पर मजबूरीवश... वकील भी तो बनना था। यदि वकील न बनता तो हमारी और उसकी बचपन से की गयी मेहनत भी पानी में चला जाती। जो हुआ अब उस पर चर्चा बेकार है। क्या फायदा होगा रघु को पुष्पी के बारे में बताकर। बेचारा ऐसे भी दुःखी है। रीमा की भी क्या गलती भला... जिसने पैसे फेंके हैं वह भला मैदान कैसे छोड़े। उसने भी तो लालच पर ही पैसों के दाँव खेले होंगे।

रघु ने खाने की इच्छा न होते हुए भी चुप्पी भंग करते हुए कहा- ''चल, खाना खा ले!''

कन्हाई- ''अच्छा लगेगा अकेले खाने में?''

रघु-''भूल गया तू, भूख के समय घूम-घूमकर पॉकेट में कच्चा चावल भरकर खाया करते थे।'' दोनों की आशा थी एक-दूसरे पर कि वे ठहाका लगा पड़ेंगे पर फिस्सऽऽ।

कन्हाई को देर रात तक नींद न आयी। वह कभी पुष्पी को लेकर तो कभी रघु को, तो कभी अपने भविष्य को लेकर उलझा रहा। चार महीने तो कट गये। सोचा था दो महीने यहाँ कटेंगे, पर यहाँ तो दिन काटना मुश्किल है। रघु को वह कैसे बताये कि उसे छह महीने का गाँव निकाला है। यदि इस बात का जिक्र हुआ तो कारण बताने में पुष्पी की बात खुल जायेगी। नहीं नहीं अब उसका यह पारिवारिक घर है, नहीं रह सकता यहाँ बेशर्मों की तरह... कल ही सुबह यहाँ से रवाना होना होगा, बाकी के दिन भगवान ही जाने कहाँ कटेंगे।''

दर रात में सोने के बावजूद कन्हाई अपने आदत के अनुसार पाँच बजे भोर में जग गया। उठकर देखा- अब तक सभी सो रहे हैं। उसके लिए यह कोई नहीं बात न थी। वह भी शहर में रह चुका था। जानता था शहरी सभ्यता। अभी तो मध्य रात्रि थी उनके लिए। वह उठकर मुँह-हाथ धोकर जाने को तैयार हो गया। बस अब रघु के उठते ही उससे विदा लेना था। रघु उठा और सीधा

कन्हाई के कमरे में जा पहुँचा। कन्हाई जाने को तैयार बैठा था ही। रघु के कुछ कहने से पहले ही बोल पड़ा- ''रघु! चलने की तैयारी हो चुकी है, बस तुम्हीं से मिलना बाकी थी।''

रघु- ''रात में ही उठकर चल देते, मिलना क्या जरूरी था। अभी तो आये और चलने को तैयार हो गये। अभी तो तुमसे कुछ बात भी नहीं हो सकी है, न ही गाँव घर का समाचार पूछ सका हूँ।''

कन्हाई- ''अभी तो सामने हूँ, जो पूछना हो पूछ लो, गाँव घर का समाचार बताने में कितनी देर लगेगी भला।''

रघु- ''अभी मैं तुझे नहीं जाने दूँगा, बस आगे और कुछ नहीं सुनना चाहता... नहा-धोकर तैयार होता हूँ फिर घूमने चलेंगे।'' कन्हाई की एक न चली।

दोनों दोस्त शॉपिंग को निकले। कन्हाई के लाख मना करने के बावजूद रघु ने कन्हाई के लिए जोड़ा भर पैण्ट-शर्ट व चमड़े का जूता खरीद लिया। शाम में जब वे दोनों वापस घर लौटे तो रीमा बहुत से कपड़े, जूते व मिठाइयाँ देख जल उठी। उसने रघु से कहा- ''मेरे लिए कुछ न लाये।''

रघु-''हाँ हाँ लाया हूँ न, तेरे लिए तेरे पसंद की मिठाइयाँ लाया हूँ।''

रीमा- ''मैं मिठाइयों की बात नहीं कर रही।''

रघु-''तो फिर?''

रीमा-''कपड़े नहीं लाये?''

रघु-''ओफ रीमा! तेरे बहुत सारे कीमती कपड़े तो बक्से में पड़े रो रहे हैं कि अब उनका भाग जागे, पर कहाँ उनके नसीब जागेंगे, उनके नसीब में तो बक्से में कैद रहना लिखा है।''

रीमा खीझकर बोली-''मजाक मत करो।''

रघु-''लो तुम तो रूठ गयी... इन तरह-तरह की रंग-बिरंगी मिठाईयों से भी सुखकारी होते हैं ये नालायक कपड़े; आओ साथ मिलकर मिठाइयाँ खायें।''

रीमा-‘‘मिठाइयाँ खिलाओ अपने दोस्त को।’’ कहकर रीमा चली गयी।

कन्हाई-‘‘क्यों चिढ़ाते रहते हो बेचारी को, उसके कपड़े बक्से में पड़े हैं तो क्या हुआ, उसके भी अरमान हैं तुम्हारे हाथों नये कपड़े पहनने के।’’

रघु- ‘‘महोदय, अभी आपकी शादी तो हुई नहीं फिर ये औरतों के अरमानों के बारे में कहाँ से जान गये।’’

कन्हाई-‘‘इसमें जानने की क्या बात है, यह तो सामान्य-सी बात है, हर किसी के अरमान होते हैं।’’

रघु-‘‘देखता हूँ कितने अरमान पूरी करते हो तुम।’’

कन्हाई- ‘‘मैं ठहरा गरीब आदमी, कहाँ से अरमान पूरी करूँगा भला।’’

रघु-‘‘ मैं हूँ न... अच्छा बता कब आ रही है अरमानों वाली?’’

कन्हाई- ‘‘दो महीने बाद ही।’’

रघु-यह तो बड़ी खुशी की बात है, वही है न तुम्हारी वो जिसे तुम अब तक मुझसे छुपाये हुए हो?’’ कन्हाई को इसका कोई जवाब न सूझ पाया। वह गम्भीर हो उठा। कन्हाई को आज भी याद है कि जब रघु ने उससे पूछा था तब उसने ‘वो’ कहकर उसे सम्बोधित किया था। किन्तु आज उसकी वो, पुष्पी अब उसकी नहीं थी। काश! उसी समय कन्हाई बता दिया होता कि उसकी वो और कोई नहीं पुष्पी ही है। शायद रघु से ऐसा कर्म न होता जिसकी सजा आज पुष्पी काट रही है। तब फिर सब कुछ सामान्य होता और कन्हाई, पुष्पी से ब्याह रचाकर सुखी व्यक्ति होता और यूँ दर-दर शायद न भटना पड़ता। पर होनी को तो होना ही है। रघु, कन्हाई का ध्यान भंग करते हुए बोला- ‘‘ओए कनु! उसी की यादों में खो गये क्या। बड़ी खुशनसीब होगी वह जो हर पल मेरे यार की यादों में बसी है। अच्छा अब तो वह मुझ पर लट्टू हो नहीं सकती चूँकि अब तो मेरे गले रीमा आ चुकी है, अब तो बता दे कि आखिर कौन खुशनसीब है तुम्हारी वो।’’

कन्हाई-‘‘नहीं रघु, अब हमारी वो, वो न रही जिसकी तस्वीर मैं अपने दिल में लिये फिरता था; कोई और होगी वह।’’

रघु-''कौन होगी?''

कन्हाई- ''अब तक तो नहीं पता, भगवान जाने कौन है वह।''

रघु-''मतलब अब तक तुमने देखा नहीं?''

कन्हाई-''नहीं''

रघु हताशा भरे स्वर में बोला- ऐसा ही होता है दोस्त इस दुनिया में; मैं जानता हूँ उस उम्र को जब दिल में सपने जागने लगते हैं, तस्वीर छपने लगती है... पर हकीकत में ऐसा होता कहाँ हैं। सपने देखो किसी और की, आ जाती है कोई और। दिल की तस्वीर बदलनी पड़ती है। यह सब नसीब का खेल है।'' उन दोनों में बहुत देर तक बातें होती रहीं। कन्हाई ने समय की नजाकत को देखते हुए मजाक किया। बोला- ''मुझे पता हैं तुम्हारी शादी हो चुकी है।''

रघु बोला-''शादी मेरी हुई और पता तुझे होने लगा।''

कन्हाई-''जा... दस बज चुके हैं, बैठी होगी इंतजार में बेचारी।''

रघु-''अरे यार मैं तो भूल ही गया था कि मेरी शादी हो चुकी है।'' रघु ने मजाक किया और उठकर चला गया अपने कमरे में।

दूसरे दिन सुबह ही कन्हाई की रघु से बोला- रघु आज जाऊँगा मैं।''

रघु-''तू रोज सुबह उठकर जाऊँगा जाऊँगा का माला जपता रहता है, पर कान खोलकर सुन ले, जब तक मैं न चाहूँ तुझे यहाँ से न जाने दूँगा।''

कन्हाई-''मेरे रहते तुम दोनों में यूँ ही झगड़ा होता रहेगा।

रघु-''अच्छा समझ गया मैं... रात तू सो रहा था या हमारा झगड़ा सुन रहा था।'' कन्हाई चुप था। रघु फिर बोला

''अरे यार, औरतों के बारे में तू मुझे सिखाता है और क्या तुझे यह अनुमान नहीं कि औरतों का स्वभाव ही ऐसा होता है। चल तैयार हो जा, आज फिर घूमने जाना है।''

कन्हाई-''मुझे नहीं जाना तुम्हारे साथ झूमने।''

रघु-''क्यों?''

कन्हाई-‘‘आज फिर कुछ खरीदा गया तो मुफ्त का झगड़ा फिर होगा।’’

रघु-‘‘आज कुछ न लूँगा बस।’’

कन्हाई-‘‘वादा करते हो?’’

रघु-‘‘वादा रहा।’’

कन्हाई-‘‘तब तो चला जा सकता है।’’

घुमाने के बाद खाना खाकर रघु, कन्हाई के साथ ताश लेकर बैठ गया। ताश खेलते समय का कुछ पता भी न चला कि कब ग्यारह बज गये थे। कन्हाई ने रघु को घड़ी की ओर संकेत किया।

रघु-‘‘मुझे गेम छोड़कर जाना होगा, इंतजार करती होगी बेचारी, यही न तुम कहना चाहते हो?’’

कन्हाई-‘‘जी हाँ।’’

रघु-‘‘मुझे विश्वास नहीं होता तू अभी कुँवारा है।’’ दोनों हँस पड़े।

रीमा गुस्से से लाल-पीली हो रही थी। कमरे के अंदर आते ही रघु बोला-‘‘सॉरी!’’

रीमा-‘‘अभी क्यों आये, सुबह भी तो आकर सॉरी बोल सकते थे।’’

रघु-‘‘नाराज हो?’’

रीमा- ‘‘क्यों अपनी मर्जी से नाराज होने का भी अधिकार नहीं मुझे?’’

रघु-‘‘माफ करो भई, दोस्त हैं; उसके साथ भी न रहूँ तो बोर हो जाएगा बेचारा।’’

रीमा- ‘‘क्यों न उसी से शादी कर ली, दिन-रात साथ रहते; मुझसे शादी करने की क्या जरूरत। दिन भर साथ रहे, काम-धाम छोड़कर घूमते फिरे, फिर भी संतुष्टि न मिली।’’ रघु चुप रहा।

कन्हाई के आने से रघु का काफी समय कन्हाई के साथ ही व्यतीत होने लगा था। न ही वह रीमा की खबर रखता और न ही अपने काम पर ही ध्यान

देता। रघु अपने काम के प्रति भी ढीला-ढाला रवैया बरतने लगा था, इसी कारण रीमा चिढ़ बैठी थी। वह इन सब की जड़ कन्हाई को ही समझती थी और हकीकत भी यही थी। हर रोज रघु, कन्हाई को घुमाता। देर रात तक न जाने क्या बातें होती कि बातों का सिलसिला खत्म ही न होता, तो कभी ताश लेकर बैठ जाते। हर रोज का यही रवैया था। सप्ताह भर तो रीमा चुपचाप कड़वा घूँट पीती रही, पर दूसरे सप्ताह उससे बर्दाश्त न हो सका। वह किसी उचित मौके की तलाश में थी।

कन्हाई को यहाँ रहते पन्द्रह दिन बीत गया। रीमा जिस मौके की तलाश में थी वह मौका भी आ गया। आज रघु कोर्ट गया हुआ था। कन्हाई को फुरसत में बैठा देख रीमा आयी और बोली- ''आप तो दोस्त हैं उनके, उनको नहीं समझाते।'' कन्हाई की बातचीत अब तक रीमा से न हुई थी, अचानक बात करते देख कन्हाई सकुचाता हुआ बोला- ''क्या?''

रीमा- ''यही कि आपके साथ बेकार का समय बरबाद करते हैं, अपने काम में भी लापरवाह हो गये हैं।''

कन्हाई- ''मेरी वह सुनता कहाँ है।''

रीमा-''कैसे दोस्त हैं आप उनके जो उनके भले की बात नहीं सोचते।'' कन्हाई के दिल में चोट लगी... बोला- उसकी भले के लिए तो जान हाजिर है पर मैं यह नहीं समझ पा रहा कि आखिर मैं क्या करूँ।''

रीमा- ''आपके यहाँ रहते उनका रोज हजारों रुपये का नुकसान है, आपके साथ रहते वे काम कर ही नहीं सकते। यदि आप सच्चे मित्र होते तो शायद उन्हें ऐसा नुकसान न होने देते।'' कन्हाई को लगा जैसे- उसे कोई गालियाँ दे रहा हो। वह चुपचाप रहा, कुछ बोला नहीं। अपना थैला उठाया और निकल पड़ा।

शाम को कोर्ट से लौटते ही रघु ने कपड़े बदले, फिर कन्हाई को पुकारा। कोई जवाब न पाकर उसने रीमा से पूछा- ''कन्हाई कहाँ गया?''

रीमा-''मुझे नहीं मालूम।''

रघु-''कुछ बताकर गया नहीं?''

रीमा-''आज तक तो उनकी मुझसे बातचीत भी नहीं।''

रघु-''अजीब पागल है वह भी, जाना ही था तो बताकर जाता, बेकार चिंता होती है मुझे।''

रीमा-''इसमें चिंता की क्या बात, गये होंगे कहीं घूमने, लौटकर आ ही जायेंगे, थोड़ी देर में।''

रघु-''मुझे भी यही लगता है। कहा था उससे कोर्ट से लौटकर घूमने चलेंगे।,थोड़ी देर हो गयी अकेला चला गया।''

काफी देर इंतजार के बाद भी जब कन्हाई न लौटा तो रघु की चिंता बढ़ने लगी। वह उठकर उसके कमरें में गया। देखा सब कुछ जैसे का तैसा है। उसकी नयी पैण्ट दीवाल पर टँगी की टँगी है। मन को संतुष्ट किया, सोचा-आता ही होगा, देर-कुबेर हो सकती है। रात हो गयी, फिर भी कन्हाई न लौटा। रघु ने फिर रीमा से पूछा- ''जाते समय कुछ न कहा?''

रीमा-''नहीं तो''

रघु-''तुमने कुछ कहा था?''

रीमा-''मुझे क्या पड़ी है।''

रघु-''फिर कहाँ गया होगा?''

रीमा व्यंग्यपूर्ण स्वर में बोली-''दिन-रात तुम रहते हो, घूमते हो, तुम्हीं जानो कहाँ-कहाँ जा सकता है।'' रघु ने दो-तीन जगह फोन लगाया, पर कुछ पता न चला। वह उठकर फिर उसके कमरे में गया। गौर से देखा तो उसका थैला तख्त पर न था। शंका हुई तो इधर-उधर थैला खोजने लगा पर न मिला। आकर रीमा से पूछा- ''तूने उसे निकलते देखा?''

रीमा- ''नहीं।''

रघु-''उसका थैला नहीं है, कहीं गाँव तो न चला गया...।''

दूसरे दिन सुबह ही बिस्तर झाड़ने के बाद नौकरानी ने रघु को वह तकिया दिखाया जिस पर बड़े अक्षरों में लिखा था। ''माफ करना रघु, बिन

बताये जाना पड़ा; अचानक कुछ जरूरी काम आ पड़ा। पत्र लिखना।

तुम्हारा कन्हाई

रघु को समझते देर न लगी कि जरूर रीमा कुछ ताना सुनायी होगी अन्यथा जरूरी काम होने पर भी बताकर जाता। यदि मैं घर में न था तो वह रीमा को जरूर बता जाता। रघु ने फिर रीमा से इसकी तहकीकात न की।

कन्हाई न गाँव जा सकता था न रघु के पास रह सका। नाते- रिश्तेदारों के यहाँ भटकते तो चार महीना से ज्यादा बीते थे, रघु के पास लगभग महीने भर बीत गये। पाँच महीना तो कट गया, पर वह एक महीना कहाँ काटे कैसे काटे।

अंततः कोई उपाय न देख कन्हाई इसी शहर के एक होटल में काम करने लगा। दिन गिन-गिनकर आखिर तीस दिन पूरे हो गये। कन्हाई, मालिक से हिसाब लेकर चल पड़ा गाँव की ओर। कन्हाई उसी तरह उतावला होकर गाँव की ओर भागा जा रहा था जिस तरह माँ की गोद के लिए लालायित बच्चा, माँ को देखते ही उसकी ओर दोड़ पड़ता है।

कन्हाई ने गाँव आकर पंचों को अपने आगमन की सूचना दी और सीधा चल पड़ा अपने घर। घर पहुँचकर देखा- पुष्पी गोद में बच्चा लिये द्वार पर खड़ी थी। पुष्पी को मालूम था आज छह महीने बीत चुके हैं। उसे भी इंतजार था... रघु का नहीं, कन्हाई का। उसे मालूम था कि कन्हाई अकेला ही आयेगा। रघु को न ला सकेगा। आज दो महीने से वह कन्हाई की ही आसरा देख रही थी। रघु के लिए इंतजार तो उसी दिन खत्म हो चुका था, जिस दिन रघु के विवाह का निमंत्रण- पत्र आया था। रही सही आशा बच्ची के जन्म ने खत्म कर दी थी। तब से वह कन्हाई का इंतजार करने लगी थी। अब समझ आया कन्हाई का त्याग, कन्हाई को प्रेम। उसे अब इस बात की ग्लानि थी कि उसके कारण निर्दोष कन्हाई का छह महीने गाँव से निकाला गया था। न जाने कहाँ-कहाँ भटकना पड़ा होगा, पता नहीं किन परिस्थितियों में दिन गुजारे होंगे उसने। गूँगी क्यों न हो गयी थी मैं उसे नकारते। उसे इस बात का भय भी सता रहा था कि कन्हाई अपने पिता की मृत्यु का कारण उसे ही न समझ ले। बेचारा! मेरे कारण पिता को मुखाग्नि भी न दे सका। वास्तव में कितनी

अभागन, कुलक्षिणी हूँ मैं। वह आत्मग्लानि में डूबी स्वयं को धिक्कारे जा रही थी।

पुष्पी को देखते ही कन्हाई नजरें चुराने लगा। क्या जवाब दे वह पुष्पी को, क्या बहाना बनाये वह। पुष्पी से वह रघु के साथ लाकर उससे विवाह कराने का वादा कर चुका था। वह पुष्पी से मुखातिब होकर जबरदस्ती मुस्कुराने की कोशिश करता हुआ बोला- ''अरी पुष्पी! मैंने तो कभी कल्पना भी न की थी तुम्हारे इस नन्हे बच्चे की, दिखा कैसा या फिर कैसी है'' उसने पुष्पी की आँखों में सवालिया निगाह से देखा। पुष्पी मौन आँसू बहा रही थी। कन्हाई को लगा जैसे-वह उन भीगी आँखों से खुद सवाल कर बैठी हो कि रघु कहाँ है। दुबार कन्हाई का पुष्पी से नजर मिलाने का साहस न हुआ। उसने आँख बचाते हुए बात को पलटा- ''अरे यह तो बिलकुल रघु पर गया है या हो सकता है गयी है।'' कन्हाई ने फिर सवाल किया। पुष्पी अभी भी कुछ न बोल सकी। रोती रही। पुष्पी की आँखों से अनवरत अश्रुधारा देख वह भी भावुक हो उठा। कन्हाई को अपार दुःख हो रहा था कि वह रघु को न ला सका।

वह पुष्पी से बोला- ''माफ करना पुष्पी, मैं रघु को न ला सका और इस सच्चाई का बोझ और नहीं उठा सकता। भले ही तुझे भारी दुःख हो, पर सच्चाई छुपाकर तुझे धोखे में रखना भी उचित नहीं, क्योंकि धोखे की खुशी स्थायी नहीं। सच्चाई कि मैं रघु को अब कभी नहीं ला सकता, उसने शादी...!'' और फिर वह आगे न बोल सका। गला रुँध गया। पुष्पी मन ही मन कह उठी- ये आँसू उस धोखेबाज रघु के लिए नहीं... उसके लिए मेरी आँखों में आँसू तो उसी दिन सूख गये जिस दिन उसके ब्याह का निमंत्रण-पत्र देखी थी। यह आसूँ तो तुझ निर्दोष के लिए हैं, जो मेरे लिए इतना त्याग करने वाले को मेरे ही कारण छह महीने दर-दर भटकना पड़ा। यह आँसू तो उसके लिए हैं, जिसे तुम बाहर जाते समय मुझे सौंप गये थे जिन्हें मैं न रख सकी और तुम्हारी अनुपस्थिति में खो दिया... अब कैसे लौटाऊँ मैं तुझे बाबूजी को... क्या जवाब दूँ मैं? कैसे इस मनहूस मुँह से तुझे बाबूजी की मृत्यु की खबर दूँ मैं, क्या तुम यह खबर सुनकर मुझे कभी माफ कर सकोगे। अभी पुष्पी सोच ही रही थी कि कन्हाई, पिता से मिलने के खयाल से घर के अंदर गया। इधर-उधर देखा पर वो कहीं न दिखे। आवाज लगाई- ''बाबूजी...!

बाबूजी...! कहाँ हैं बाबूजी...।'' कहीं से कोई उत्तर न मिला। घर से बाहर आकर पुष्पी से पूछा- ''कहाँ हैं बाबूजी?'' पुष्पी कुछ न बोल सकी। उसकी आँखों से अनवरत अश्रुधारा बह निकली। बेचारी पुष्पी, रघु के बिना कैसे जी पायेगी। पुष्पी की आँखों में आँसू देख इस भावुक क्षण में कन्हाई, पुष्पी से पिता के बारे में और न पूछ सका। इधर-उधर टहलते हुए थोड़ी देर मौन इंतजार के बाद कन्हाई से न रहा गया। पुष्पी अंदर जा चुकी थी। उसके अंदर जाकर पुष्पी से फिर सवाल किया-''पुष्पी! बाबूजी कहीं खेत की ओर तो नहीं गये? अब तक नहीं लौटे।'' पुष्पी का और अधिक मौन रहना उचित न था। पुष्पी का मौन इस सच्चाई को कब तक छुपा पायेगा भला। उसके अंतर्मन ने धिक्कारा तो वह कलेजे पर पत्थर रखकर बोल पड़ी- ''बाबूजी नहीं रहे।'' कन्हाई की जैसे धड़कने रुक गयी हों... साँस जैसे थम गयी, मस्तिष्क सुन्न पड़ गया हो, शरीर शिथिल और आँखें पथराने लगी। एक चिर... शांति...।उसने बड़ी मुश्किल से होश सँभालकर हौले से दर्द भरे शुष्क स्वर में पूछा- ''क्या कहा पुष्पी तूने?''

पुष्पी- ''बाबूजी...'' और फिर वह चीत्कार उठी। मुँह से स्वर न फूट सके।

उसने उँगली से तख्त पर गंगा लाभ के लिए रखे अस्थि-पात्र की ओर इशारा किया और फफककर रो पड़ी। कन्हाई को तो जैसे काठ मार गया। उसे विश्वास ही न हो रहा था कि बाबूजी अब न रहे। लगता था न जाने वे किधर से अभी पुकार बैठें ''कन्हाई! अरे ओ कन्हाई!'' कन्हाई माथा पकड़कर बैठ गया। न आँखों से आँसू आये, न दिल-दिमाग कुछ सोचने को सक्षम था।

मातम में ही दो दिन कैसे गुजरे कुछ पता न चला। सोचा था घर लौटते ही घर बनाऊँगा, बाबूजी की तमन्ना पूरी करूँगा। इतने लम्बे इंतजार के बाद बहू पाकर फूले न समाते, पर हाय! यह विधाता का विधान! वे तमन्ना लिये ही परलोक सिधार गये। अब क्या करे वह, क्यों करे शादी... किसके लिए। उसे कुछ समझ में न आ रहा था कि अब वह क्या करे, जिन्दगी की शुरूआत कैसे करे। उसका हृदय विरक्त-सा हो गया था संसार से। रात उसने कुछ महत्वपूर्ण निर्णय लिया। सुबह होते ही उसने पुष्पी को बुलाकर कहा- ''देखो पुष्पी, पंचायत के अनुसार तुम्हारे लिए मुझे एक घर बनवाना था और कुछ जमीन

देनी थी; पर अब तुम इसी घर में रहो, यही तुम्हारा घर है और मेरी सारी जमीन तुम्हारी है, अब मुझे इसकी कोई जरूरत न रही। कल पिताजी की अस्थियाँ लेकर बनारस जाऊँगा और वहीं किसी मठ-मंदिर में जोगी हो जाऊँगा... इहलोक तो न बन सका कम-से-कम परलोक बना लूँ।'' वह हताशपूर्ण लम्बी ठण्डी श्वास लेता हुआ बोला। पुष्पी तड़प उठी। वह विचलित-सी करुण स्वर में बोली- ''ऐसी बातें न करो कन्हाई, मुझे तुम्हारी सूई की नोंक बराबर भी जमीन नहीं चाहिए। बैरागन तो मुझ कुलक्षिणी को होना चाहिए था कि स्वयं अपना संसार तो जला दी दूसरों का संसार भी फूँक डाली।''

कन्हाई-''नहीं पुष्पी, जो हुआ शायद अच्छा हुआ, सब उसी की मर्जी से होता है वह भला कैसे गलत करेगा।'' कन्हाई ने ऊपर की ओर नज़रें उठाकर इशारा करते हुए कहा।

पुष्पी-''नहीं कन्हाई, तुम अपना घर बसाओ, मैं ही यह गाँव छोड़कर जाती हूँ।''

कन्हाई-''ऐसा न कहो पुष्पी, तकलीफ होती है मुझे... तुम्ही बताओ अब कौन रहा मेरा इस संसार में... यह जन्म अकारथ गया मेरा।''

पुष्पी-''ऐसा न कहो कन्हाई, ऐसा न कहो!''

कन्हाई-''झूठ तो नहीं कहता; तुम ही बताओ क्या रहा अब मेरा यहाँ; किस मकसद किस खुशी से जिऊँ मैं। बचपन तकलीफों में इस आशा से गुजारा कि कभी तो दिन फिरेंगे, मगर क्या हुआ, न दोस्त के सान्निध्य में रह सका और न अब रघु को मेरी जरूरत है। जिससे प्रेम किया उसे भी न पा सका... न बाबूजी रहे और न ही मैं अभागा उनकी आखिरी इच्छा ही पूरी कर सका। मुझे बस यही तकलीफ होती है कि मैं उन्हें आशा दिलाता रहा, बच्चों की तरह ठगता रहा... और जब समय आया तो बहू को देखे बिना, उसकी सेवा का सुख लिये बिना, पोतों की किलकारियाँ सुनने की तमन्ना लिये हमसे रूठकर दूर चले गये।''

कन्हाई की आँखों से आँसू छलक पड़े। पुष्पी के दिल में आया कि वह कह दे कि उसने बाबूजी की भरपूर सेवा की बहू की तरह और शायद बाबूजी ने अंततः उसे स्वीकार भी किया, आशीर्वाद भी दिया। पर वह यह सोचकर न

कह सकी कि कहीं कन्हाई यह न सोच बैठे कि मैं जबरदस्ती बहू कहलाकर उसके गले पड़ना चाहती हूँ, आखिर अब मुझ अभागन को कौन अपनायेगा भला।

पुष्पी-''कन्हाई! मैंने तुम्हारे त्याग को देखा है, रघु के प्रति और मेरे प्रति भी... हाँ तब मैं तुम्हारे प्रेम को न पहचान सकी थी यह मेरी गलती थीद्व पर तुम्हारा यह निःस्वार्थ प्रेम सदा इस दिल में रहेगा। तुम्हारे सामने अभी पूरी जिन्दगी पड़ी है; तुमने ऐसा कोई काम न किया कि समाज तुम्हें बहिष्कृत करे। ब्याह कर घर बसा लो यही मेरी इच्छा है। जिन्दगी अकारथ तो मेरी गयी जो कभी घर नहीं बसा सकती, समाज में सम्मान नहीं पा सकती। मेरा क्या, यहाँ हूँ कहीं भी रह लूँगी, मेरी मानो तुम अपनी जिन्दगी न घसीटो।''

कन्हाई- ''तुम्हारे सिवा तो मैंने कभी किसी की कल्पना भी न किया था पुष्पी।''

पुष्पी को जैसे बिच्छू ने छाती पर डंक मारा हो। आह! मेरे लिए जिसने त्याग किया उसे ही मैं जाने-अनजाने बरबाद करती रही और जिसे मैंने चाहा वह दगा देकर खुद मजे की जिन्दगी जी रहा है। बच्ची जोर-जोर से रोने लगी, शायद सो कर उठी थी। पुष्पी बच्ची के पास चली गयी।

कन्हाई दिमाग से बैरागी हो चला था पर दिल माया में जकड़ा द्वंद्व से जूझ रहा था। बैराग और माया बस एक पतली सूत से बँधे थे जिस पर कन्हाई सवार था। दिमाग दबाव डाल रहा था बैराग की ओर, पर हृदय माया का दामन थामे इसकी शीतल छाँव तले सुकून का दो पल गुजार लेना चाहता था।

आखिर एक रात दिमाग ने दम दिखाया और कई दिनों के द्वन्द्व के बीच बैराग ने जन्म तो ले लिया पर विजयी न हो सका, न ही बैराग में जो शांति व सुकून होता है वह मिल सका। निर्णायक युद्ध न हुआ मगर द्वन्द्व युद्ध जारी रहा। थकान की वजह से एक रात युद्ध विराम किया गया और इसी का फायदा उठाकर बैराग विजयी तो न हुआ, पर बलात विजयी घोषित कर दिया गया।

उसी रात कन्हाई बैरागी होकर घर त्याग निकल पड़ा, पर माया का तार संसार से जुड़ा रहा बीती यादों के रूप में बैराग और माया के बीच इतने सूक्ष्म तार होते हैं जिन्हें कन्हाई तो क्या बड़े-बड़े मुनि भी नहीं समझ सके हैं। इतने

सूक्ष्म तार कि एक मंद निःश्वास भी आंदोलित कर दे।

सुबह जब पुष्पी की नींद खुली तो छाती पीट लिया। उसका अंदेशा यकीन में बदल गया और इस वेदना से पुष्पी के हृदय में एक ऐसी हूक उठी कि चित पड़ गयी। सुबह देर तक जब बच्ची का रो-रोकर गला सूख गया, रुदन की आवाज भर्राकर डरावनी हो गयी तब लोग किसी अनहोनी की आशंका से पुष्पी के पास दौड़े। लोगों ने देखा- बच्ची रो-रोकर सुस्त पड़ चुकी है... हाथ-पैर शिथिल हो चुके हैं और पुष्पी जमीन पर चित पड़ी है।

यह खबर चार-पाँच गाँव लाँघकर कन्हाई के पास पहुँची। कन्हाई का हृदय पुष्पी और उसकी बच्ची को लेकर कराह उठा पर वह तो बैरागी हो चुका था, अब बैरागी तो सुख-दुःख, मोह-माया के अनुभूति से परे होता है। पर कन्हाई का बैराग विचलित हो उठा। उसने दमन किया उत्कण्ठित भावनाओं का, पर आखिर था तो वह इंसान ही। उसकी दमित भावनाएँ और प्रबल हो उठीं। एक मासूम नन्ही-सी जान की तड़प से कदाचित पत्थर भी द्रवित हो उठे यह तो कन्हाई था, प्रेम पथिक। बैराग की तपन की पराकाष्ठा को जिसने जान लिया, थोड़ा भी महसूस कर लिया... कदाचित वह बैरागी होने का साहस भी न कर सके।

कन्हाई बैराग के चोले की तपिश बर्दाश्त न कर सका। इस चोले की तपिश इतनी तीक्ष्ण थी कि कन्हाई का अस्तित्व पिघलकर कहीं विलीन होता जा रहा था। इसकी तपिश को वह न सह सका और अपनी अस्तित्व रक्षा के लिए इस चोले को उतार फेंका। कन्हाई उल्टे पाँव लौट आया माया के संसार में। माया की मोहनी शक्ति, चेतना इतनी प्रबल होती है कि विश्वामित्र जैसे महाज्ञानी, महातपस्वी, महामुनि भी इसके कोमल वार से नहीं बच सके, फिर कन्हाई कहाँ तक टिक पाता।

हृदय की हूक से विक्षिप्त-सी मरणासन्न पुष्पी ने जब घर लौट आये कन्हाई को सामने देखा तो उस अर्धमृत शरीर में बिजली-सी कौंध गयी और वह कन्हाई का पैर पकड़कर देर तक बच्चों की तरह बिलख-बिलखकर रोती रही। बच्ची ने रोना शुरू कर दिया था। कन्हाई ने बच्ची को गोद में उठाया और पुष्पी का सिर अपने कंधे से लगाये आँखें मूँदें सुकून की साँसे लेता रहा।

बच्ची स्नेह पाकर गोद में ही सो गयी थी। कन्हाई के कंधों पर सिर टिकाकर बैठी पुष्पी को कदाचित स्वर्ग की लालसा भी इस समय नहीं लुभा सकती थी, न ही रत्तीभर विचलित ही कर सकती थी। पुष्पी को ऐसा सुकून, सुखद अनुभूति कदाचित अब तक के जीवन में कभी न हुई थी। पुष्पी को अब संसार और माया से कोई शिकायत न रही, न ही कोई इच्छा ही रही। कन्हाई माया की डोर पकड़कर संसार में रमने के लिए सदा-सदा के लिए भले ही लौट आया था पर नियति को कुछ और ही मंजूर था।

मर्यादा के पाश से बँधा कन्हाई सोचता था- यदि वह पुष्पी से शादी का प्रस्ताव रखता है तो न जाने वह क्या सोच बैठेगी। कहीं पुष्पी यह न सोच ले कि मैंने उसकी मजबूरी का फायदा उठाने के खयाल से शादी का प्रस्ताव रखा हो। कन्हाई को यह पता था कि रघु के विवाह का निमंत्रण-पत्र भी आया था यही कन्हाई के डर का कारण था कहीं पुष्पी यह न सोचती हो कि मैंने उसे पाने के खातिर जानबूझ कर रघु को साथ नहीं लाया।

वह इस आशा में था कि यदि पुष्पी उसे चाहेगी तो वह खुद उसकी प्यार भरी नजरों को पहचान कर प्यार का इजहार करेगी या शादी का प्रस्ताव रखेगी। वह अपनी ओर से पहल क्यों करें।

उधर पुष्पी इस आत्म ग्लानि में घुली जा रही थी कि यदि वह कन्हाई से शादी कर लेने और साथ जीने की बातें करेगी तो कहीं आहत कन्हाई बिगड़ न बैठे। जब उसने मुझे चाहा था तब उसे पहचान न सकी। मेरे लिए उसने जी तोड़ मेहनत किया... मुझे पाने की खातिर दिन-रात एक कर दी और मैंने क्या किया, उसे नकार दिया। उसके त्याग का पारितोषिक मैंने उसे सजा दिलाकर दी। छह महीने न जाने कहाँ-कहाँ भटका होगा। अलग से गाँव में कन्हाई की बदनामी और तो और उसके पिता की मृत्यु का अपराध; मुझे वह कभी अपना सकेगा। बेचारे बाबूजी, धरी रह गयी उनकी बहू पाने की उत्कट इच्छा। मेरे कारण कन्हाई ने बहुत कुछ सहा है। रघु की बदनामी भी अपने ऊपर लिया। अब जब मैं निराधार हो चुकी, रघु की बच्ची को जन्म दे चुकी, रघु को खो चुकी, यदि अब मैं उससे प्यार की बातें करूँ तो क्या वह घड़ियाली आँसू न समझ बैठेगा... यह न सोचेगा कि मैं जबरदस्ती उसके गले पड़ना चाहती हूँ। नहीं-नहीं मैं कुलक्षिणी किस मुँह से उसे प्यार का भरोसा दिलाऊँ। हाँ यदि

कन्हाई सिर्फ एक बार अपनी ओर से प्यार का इशारा भर कर दे तो मैं शेष जीवन अर्पण कर दूँगी उस त्यागी पुरुष के चरणों में... बस एक बार। पुष्पी संकोचवश कन्हाई से कभी कुछ न कह सकी।

दो दिन बाद पुष्पी बीमार पड़ गयी। बिस्तर पर पड़ी पुष्पी की सेवा कन्हाई ने खूब तन्मयता से किया। कभी वह पुष्पी की बच्ची को रोते से चुप कराता, खिलाता, नहलाता तो कभी पुष्पी की भी जरूरतें पूरी करता। कभी खाना बनाता कभी पुष्पी के लिए पानी गरम करता, बिस्तर पर पड़ी पुष्पी को कन्हाई से अपनी सेवा कराते अच्छा न लगा। पर वह करती भी क्या, वह मजबूर पड़ी रही। तीसरे दिन पुष्पी ने कन्हाई से कहा- ''तुम क्यों मेरी इतनी सेवा करते हो, मर क्यों नही जाने देते मुझे, ऊपर से यह आफत बच्ची...।''

कन्हाई मुस्कुराया- ''क्या करूँ मुझे सेवा करने में मजा जो आता है।''

पुष्पी-''सेवा करने में मजा तो तब आता जब मुझ अभागन की जगह तुम्हारा कोई अपना होता।''

कन्हाई-''अपना कौन?''

पुष्पी-''शायद तुम्हारी पत्नी।''

कन्हाई-''नहीं पुष्पी! तुम्हारी जगह चाहे जो होती, देश की- परदेश की, जात की परजात की, मुझे सेवा करने में वही आनन्द आता जो तुम्हारी सेवा में आता है। अब तो सारा संसार अपना है, सारे प्राणी अपने हैं, सेवा ही मेरा धर्म कर्म है।'' पुष्पी को आशा थी कि यहाँ पर हमारी प्रेम की बातें होंगी पर यहाँ तो विरक्ति की बात हो गयी। पुष्पी ने सोच रखा था कि यह सेवा का आनन्द सिर्फ उसी के हिस्से है, पर यह सेवा तो समष्टि के लिए थी। जाने किसके हिस्से कितना भाग पड़ेगा। यह आनन्द... काश! यह सारा का सारा आनन्द सिर्फ पुष्पी के लिए होती। पुष्पी आहत दिल से बोली- ''मेरी इतनी सेवा कर मुझ पर एहसान का कर्ज मत डालो।''

कन्हाई-''सेवा में कर्ज कैसा, सेवा तो निःस्वार्थ होती है। स्वयं के लिए किया गया कार्य सेवा नहीं। भले ही लोग अपना स्वार्थ छिपाने को इस कार्य को सेवा कहे पर वह पारिश्रमिक है, मजदूरी है।''

पुष्पी- ''इतनी तो पढ़ी नहीं कि तुम्हारी ऐसी बुझउवल बातें बुझ सकूँ, बस इतना कहूँ कि तुझे दर्द देने वाली, दुःख पहुँचाने वाली का दुःख मत हरो, इतनी सेवा न करो।''

कन्हाई मुस्कुराया- ''अच्छा अब सेवा न करना पड़ेगा, सुबह ही डॉक्टर को बुला भेजा है दो-चार सूई लगायेगा उठ खड़ी होगी।''

पुष्पी- ''न बाबा न सुइयों के डर से तो यूँ ही उठ भागूँगी मैं।'' दोनों मुस्कुरा पड़े।

गँवई डॉक्टर आये। इलाज किये दवाइयाँ दी। दवा से सुधार होने के बजाय तबीयत और गड़बड़ा गयी। यह बीमारी गँवई डॉक्टर की समझ से बाहर थी। उसने स्पष्ट कह दिया कि इस बीमारी का इलाज उनके बस में नहीं। क्या करे कन्हाई। उसने तुरंत पैसों का इंतजाम कर पुष्पी के मना करने के बावजूद शहर से दिखा लाया। डॉक्टर ने कह दिया कि पेट में पथरी हो गयी है, बिना ऑपरेशन कोई उपाय नहीं है। सुनकर कन्हाई का सिर चकरा गया। कहाँ से लाये वह इतने रुपये ऑपरेशन के लिए। उसने पुष्पी के पिता को समस्या बतलायी पर उनके पास भी इतने जमा पैसे न थे। खूब कोशिश के बाद भी जब कन्हाई पैसे न जुटा सका तो उसने रघु से न चाहते हुए भी पैसों की माँग करने का निर्णय लिया। रघु के पास से तो वह अपना पैसा समझकर उठा लाता, पर... पता नहीं क्या सोचेगी या सम्भव है द्वार से ही दुतकार कर भगा दे। अब जो भी हो उसने अगले दिन ही रघु के पास जाकर पैसे माँगने का निश्चय किया।

सुबह नहा-धोकर रघु के पास जाने को तैयार हो गया और पुष्पी के पास जाकर बोला- ''शहर जाता हूँ रघु के पास, शायद कल तक लौटना सम्भव न हो सकेगा, तब तक अपना खयाल रखना। दवा समय पर खा लेना... थोड़ी ही देर में सुगन की माँ आ जायेगी। जब तक मैं न लौटूँ तब तक वह यहीं रहकर तुम्हारी देखभाल करेगी।''

पुष्पी-''यह सब करने की क्या जरूरत थी, तुमने बेकार इंतजाम किया। इतना तो मैं खुद कर लेती किसी तरह, व्यर्थ खर्च होगा।''

कन्हाई- ''भूखी रहोगी! खाना कौन बनायेगा, बच्ची को कौन

सँभालेगा।''

पुष्पी- ''जल्द आना कन्हाई।''

कन्हाई-''यदि आज इंतजाम कर देगा तो कल लौट आऊँगा, अपने हाथ की तो बात है नहीं।''

पुष्पी- ''इंतजाम किस चीज का?''

कन्हाई-''कुछ पैसों का।''

पुष्पी-''यदि तुम बताना चाहो तो मैं जानना चाहूँगी कि ये पैसे किसलिए?''

कन्हाई-''तुम्हारे ऑपरेशन के लिए; तुम्हारे पिता के पास कुछ पैसे हैं, कुछ और रघु से ले लूँगा।''

पुष्पी- ''नहीं कन्हाई, मैं रघु के पैसे से ऑपरेशन कराना नहीं चाहती।''

कन्हाई- ''क्यों?'' पुष्पी कुछ उत्तर न दी। कन्हाई फिर बोला- ''मैं जानता हूँ अभी तक नाराज हो न रघु से; खैर यह वाजिब भी है, पर उसकी भी मजबूरी थी, उसे किसी भी हाल में वकील बनना था नहीं तो मेरी और उसकी जीवन भर की मेहनत व्यर्थ चली जाती। उसकी यही मजबूरी उसे रीमा जो आज उसकी वैध पत्नी है, के हाथों उन्हीं पैसों की खातिर बिकना पड़ा।''

पुष्पी- ''कन्हाई! क्यों तुम मेरी इतनी परवरिश कर रहे हो, अब तक तुम मेरे कारण कितनी तकलीफें उठा चुके, मुझे पाने को दिन-रात मेहनत किये, समाज में बदनामी सही, छह महीने की सजा काटे, बाबूजी को खो दिया, फिर भी तुझे मुझसे घृणा नहीं... क्यों ढो रहे हो इस अभागन को, मर क्यों नहीं जाने देते मुझे, मुझे भी छुटकारा मिल जाता इस दुनिया से। आखिर कब तक आत्मग्लानि का भार ढोती रहूँगी मैं।'' वह रो पड़ी।

कन्हाई-''प्यार करने वाले घृणा नहीं करते और सच पूछो तो मैंने यह कभी सोचा तक नहीं कि तुम्हारे कारण मुझे कुछ दुःख हुआ, यह सब तो परिस्थितिवश हुआ है, मैं इसमें तुम्हारी एक पैसे की भी गलती नहीं मानता।'' कुछ क्षण दोनों एक-दूसरे को देखते मौन रहे'' अच्छा पुष्पी मैं चलूँ!''

पुष्पी रोते हुए- ''कन्हाई! आज न जाने क्यों लग रहा है मैं तुझे अपने दिल की बात- बताकर दिल हल्का कर लूँ।''

कन्हाई- ''अरे पुष्पी, पास ही तो हूँ जल्दी बता, बस छूट जायेगी।''

पुष्पी- ''दिल की बात समझने के लिए दिल चाहिए और इस हड़बड़ी में दिमाग उधर ही लगा रहेगा, फिर मेरा बताना न बताता व्यर्थ है।''

कन्हाई-''अच्छा बता।''

पुष्पी- ''पास नहीं आओगे।'' कन्हाई उसके बिस्तर के सिरहाने जाकर बैठ गया।''

कन्हाई- ''बोलो।'' पुष्पी, कन्हाई का हाथ अपने सीने से चिपकाकर औंधे मुँह रो पड़ी। कन्हाई को कुछ समझ में न आया। सोचा आज पुष्पी न जाने देगी।

कन्हाई- ''पुष्पी बस छूट जायेगी हाथ तो छोड़ो।'' पुष्पी कुछ न बोली, रोती रही। ''नौ बज गये, बस जा चुकी होगी, आज का दिन व्यर्थ गया।'' कन्हाई बड़बड़ाया। जब पुष्पी के आँसू रुके तब वह कन्हाई का हाथ छोड़ते हुए बोली।

पुष्पी- ''माफ करना कन्हाई, मेरा व्यवहार शायद तुम्हें बुरा लगा हो।''

कन्हाई-''अरे नहीं पुष्पी।''

पुष्पी- ''तुम पास बैठते हो तो मुझे एक अजीब-सा सुकून मिलता है, ऐसा नहीं हो सकता है कि तुम पास ही बैठे रहो?''

कन्हाई- ''काम कौन करेगा, खाना कौन बनायेगा?''

पुष्पी-''तुम ब्याह क्यों नहीं कर लेते, काम भी हो जाता, खाना भी बन जाता, तुम्हारी सूनी जिंदगी में बहार आ जाती।''

कन्हाई- ''दिल नहीं करता।''

पुष्पी- ''जानती हूँ तुम मुझसे प्यार करते हो न इसलिए। क्या सुन्दर लड़कियों की कमी है संसार में?''

कन्हाई- ''यह सवाल तो उन नामी प्रेमियों से भी किया जा सकता है; उन्हें भी तो कहा जा सकता था कि आप उस लड़की की खातिर जान देने पर क्यों तुले हैं, क्यों रोज समाज का धक्का खाते फिरते हैं, उनके पत्थर की मार झेलते हैं, क्या आपको चोट नहीं लगती... उनसे भी ज्यादा सुन्दर लड़कियाँ पड़ी हैं उनसे विवाह कर सुखी जिन्दगी क्यों नहीं बसर करते।'' पुष्पी निउत्तर हो गयी और चुपचाप कन्हाई को एकटक देखती रही।

पुष्पी-''मेरे कारण अपनी जिन्दगी में आग लगा बैठोगे।''

कन्हाई-''कितने हैं ऐसे आग लगाने वाले, मैं कोई नया तो नहीं।''

पुष्पी-''मेरी मानो तुम ब्याह कर लो, मुझे भी शान्ति मिलेगी।''

कन्हाई-''यह असम्भव है।''

पुष्पी से जाने- अनजाने दिल में दफन जज्बात जुबाँ अनायास ही आ पड़े, बोली- ''यदि मुझसे भी ब्याह करना पड़े तो भी?''

कन्हाई भक्क रह गया। वह कुछ बोला नहीं, पुष्पी का मुँह ताकता रहा। पुष्पी को एकाएक मालूम हुआ कि वह क्या बोल गयी। अब जब बोल ही गयी तो उपाय ही क्या। कन्हाई गम्भीर होकर बोला- ''पुष्पी, मैं कई दिनों से सोच रहा था कि यदि मैं तुम्हारी सूनी जिन्दगी में आ जाता तो यह मेरा परम सौभाग्य था, मेरा जीवन सफल हो जाता, अनुराधा को एक सम्बल भी मिल जाता। समाज ने तो हमें पहले ही प्रेमी-प्रेमिका कहकर सम्बंध भी जोड़ दिया, पर मैं डरता था कहीं मेरा तुम्हारे साथ विवाह का प्रस्ताव तुम्हें स्वीकार न हो, न जाने तुम क्या सोच बैठो इसलिए कहते संकोच होता था। मुझे अब भी भय है कहीं तुमने यह वाक्य मजाक में तो नहीं कहा।'' पुष्पी का तो जैसे जीवन ही धन्य हो गया। आँसू बहाते बोली- ''नहीं कन्हाई यह मजाक नहीं, मुझे तो विश्वास ही नहीं हो रहा कि तुम मुझ कुलक्षिणी को स्वीकार करने को राजी भी हो। हाँ, तब तक मैं रघु में खोयी रही, जब उसके विवाह का निमंत्रण कार्ड आया तो मेरा हृदय उसके प्रति घृणा से भर उठा और साथ में आत्मग्लानि भी कि मैंने तुझे व्यर्थ में छह महीने की सजा के लिए धकेल दी। रघु के प्यार का परदा मेरी आँखों से हट गया... मैं गलती से उस वासना को प्यार समझ बैठी थी। उस दिन के बाद से मुझे तेरा ही इंतजार रहा है; तब मैं तुम्हारे त्याग को, तुम्हारे प्रेम

को समझ सकी, किन्तु अब तक मैं संकोचवश व्यक्त न कर सकी... डरती रही कि कहीं तुम ब्याह की बात से यह न सोच बैठो कि जीने को और कोई राह शेष न रही, तो जबरदस्ती प्यार का ढोंग कर गले पड़ने आयी है। हाँ कन्हाई मैंने तुझे अंतरदिल से प्यार किया है।'' और फिर वह कन्हाई की बाँह से माथा टिकाकर रो पड़ी। पुष्पी के स्पर्श से कन्हाई सिहर उठा, आत्मा तृप्त हो उठी, जीवन जैसे धन्य हो उठा हो। वर्षों की प्यास आज बुझी हो, वर्षों की कामना आज पूर्ण हुई हो। कन्हाई अपने भाग्य पर इतरा उठा। बच्ची के रोने की आवाज कन्हाई के कानों में पड़ी। न जाने कब से उठकर रो रही थी।

कन्हाई-''पुष्पी! अनुराधा रो रही है।'' पुष्पी, कन्हाई की बाँहों में सिर टिकाये जाने किस संसार में खो गयी थी। कन्हाई की बात सुनकर जैसे वह नींद से जागी हो... बोली- ''हूँ...।''

कन्हाई, पुष्पी का सिर अपने बाँहों से अलग करते हुए बोला- ''अनुराधा रो रही है।'' और फिर उठकर अनुराधा को उठा लाया। बच्चे भी प्रेम के भाव को समझते हैं, आखिर सृष्टि का आधार भी तो प्रेम है। बच्ची दोनों का सामूहिक प्यार पाकर किलकारी मारकर चहक उठी।

दिन भर कन्हाई, पुष्पी के सिरहाने बैठा रहा। शाम होते-होते जैसे पुष्पी कन्हाई की प्रेम रूपी ऊर्जा पाकर आवेशित हो उठी हो और उसकी बीमारी जैसे छू-मंतर हो गयी। वह बिस्तर से उठकर चलने लगी थी। अब उसे सहारे की जरूरत न थी। यह देखकर कन्हाई बहुत खुश हुआ। शायद यह प्यार की ताकत थी, शायद यही पुष्पी की बीमारी का इलाज था। उन दोनों को लगा जैसे सुख का सागर उमड़ पड़ा हो, उनके दुःख दूर हो गये हो। ईश्वर उन पर मेहरबान हो उठे हो।

एक दिन संयोगवश पुष्पी ने कहा- ''कन्हाई! अब तक तो हमारी शादी का सौभाग्य भी न हुआ है और अनुराधा भी बड़ी होती जा रही है।''

कन्हाई-''हाँ पुष्पी हम समाज के सामने शादी जरूर करेंगे; अब मेरी सबसे पहली चिंता तो यह है कि तुम्हारा ऑपरेशन करा दूँ, फिर आराम से शादी कर लेंगे।''

पुष्पी-''ऑपरेशन!''

कन्हाई-''हाँ पुष्पी यह जरूरी है।''

पुष्पी-''ऑपरेशन न कराऊँगी, अब मुझे कुछ न होगा; देखते नहीं कुछ ही दिन में चलने-फिरने लगी हूँ। शायद तुम्हारी ही कमी थी, अब तुम्हें पा चुकी हूँ दो-चार दिनों में ही सारा काम करने लगूँगी।''

कन्हाई- ''तुम्हें काम की चिंता पड़ी है, यह बीमारी बिना ऑपरेशन ठीक न होगी।''

पुष्पी-''कहाँ से आयेंगे पैसे?''

कन्हाई-''इसकी चिंता तुझे क्यों, पैसों का इंतजाम मैं कर लूँगा... हाँ तुम्हारी इच्छा है रघु से पैसे न लूँ, न लूँगा बस। अब मैं फिर वही मेहनत शुरू करूँगा जो तुझे पाने के लिए कभी किया था। वह मेहनत चाहे जैसे हो सफल हुई, तुझे पा लिया, अब तुझे सलामत रखने के लिए यदि वही मेहनत करना हो तो हर्ज ही क्या है। मैं अब तुझे पाकर खोना नहीं चाहता पुष्पी; कठोर मेहनत करूँगा, फिर कभी पैसों की कमी न होगी, कल से ही मुझे खेती का काम शुरू कर देना होगा।''

सुबह नींद खुलते ही कन्हाई कुदाल लेकर खेतों पर जा पहुँचा। फिर वही लगन, वही जोश, वही उत्साह। दोपहर खाना खाने के बाद कन्हाई फिर खेतों में जा डटा उसे सिर्फ एक ही चिन्ता थी, पुष्पी का ऑपरेशन।

अभी चार दिन भी न बीते थे कि एक दिन पुष्पी खुद कलेवा लेकर खेतों में जा पहुँची। पुष्पी को इतनी दूर चलकर खेतों में आया देख कन्हाई बहुत खुश हुआ। बोला- ''अरे पुष्पी! इतनी दूर खेतों में क्यों आयी, किसने कहा यहाँ आने को।''

पुष्पी-''कलेवा बनाकर लायी हूँ।''

कन्हाई-''अच्छा, अब खाना भी बनाने लगी और खेतों में भी आने लगी; अभी तबीयत ठीक हुआ नहीं कि फुदकने लगी। यह सब करने की जरूरत ही क्या थी, अबकि फिर बीमार पड़कर सेवा कराने का इरादा है क्या।''

पुष्पी-''चिंता मत करो, अब सेवा न कराऊँगी, मैं तो खुद सेवा करने आयी हूँ।''

कन्हाई- ''''' कुछ दिन आराम भी तो कर लो, फिर करती रहना सेवा।''

पुष्पी- ''तुम यहाँ खेतों मे खट मरो और मैं वहाँ घर पर आराम से बैठी रहूँ, पाप न लगेगा मुझे।''

कन्हाई कुदाल एक ओर रखते हुए बोला- ''अच्छा लगेगा क्या बना लायी हो?''

पुष्पी-''भात-दाल और चोखा आलू के।''

कन्हाई-''अरे वाह! चोखा भी है।''

पुष्पी- ''और साग भी।''

कन्हाई-''आहा! कहाँ से आया साग?''

पुष्पी-''जगनी के बाड़ी से तोड़ लायी हूँ।''

कन्हाई- ''ला पानी दे।'' कन्हाई ने पानी लेकर मुँह-हाथ धोया और भोजन पर टूट पड़ा। कन्हाई को खाते देख पुष्पी मुस्कुराये जा रही थी। कन्हाई को स्वाद ले-लेकर तन्मयतापूर्वक खाना खाते देख पुष्पी आनन्द विभोर हो उठी।

थके शरीर को खाना खा लेने से थोड़ा आलस आ गया था। कन्हाई उसी पेड़ की छाँव में जमीन पर ही लेट गया।

पुष्पी जूठे बरतन पोटली में बाँधकर कन्हाई के पास बैठी और कन्हाई का सिर अपनी गोद में लेकर बोली- ''अब भी गैर समझते हो?'' आहा! इतना कोमल, इतना शीतल स्पर्श। एक पल तो वह बोलना ही भूल गया, फिर बोला- ''नहीं पुष्पी, गैर नहीं समझता, किन्तु आते-जाते लोग देखकर क्या सोचेंगे।''

पुष्पी- ''प्यार करना गलत है जो कोई हमारे प्रति बुरा सोचे? हाँ, हो सकता है पंचायत का तुझे भय हो। आज मैं खुद जाकर पंचों से बोल दूँगी कि

अब न ही तुम्हारा घर चाहिए न ही तुम्हारी जमीन का टुकड़ा, मुझे सिर्फ तुम चाहिए।''

कन्हाई-''अनुराधा कहाँ है?

पुष्पी-''जगनी काकी को दे आयी हूँ।''

कन्हाई-''तुम्हारा यह शीतल आँचल बड़ा ही सुख देता है, शरीर का एक-एक रोम पुलिकत हो उठा है।''

पुष्पी-''तो फिर सोये रहो इसी तरह।''

कन्हाई-''नहीं पुष्पी, अभी बहुत काम पड़ा है।'' वह उठ बैठा।

पुष्पी-''कहते हो यह आँचल सुख देता है और फिर इसी आँचल से दूर होना चाहते हो।''

कन्हाई-''इसी आँचल को पाने के लिए तो यह जी-तोड़ मेहनत कर रहा हूँ... बस तुम्हारा ऑपरेशन हो जाय...! उसने लम्बी साँस ली।

दूसरे ही दिन से पुष्पी, कन्हाई के साथ ही हल्का-हल्का काम करना शुरू कर दी थी। उन दोनों की तो अब दुनिया ही बदल गयी थी, खुशियों का सागर ही उमड़ पड़ा था। इसी बीच कभी-कभी पथरी के कारण पुष्पी के पेट में दर्द उठ जाता था, पर इन खुशियों के आगे ये दर्द सागर में जैसे नदियाँ विलीन हो जाते हैं, वैसा था पुष्पी यह भी जानती थी कि कन्हाई के पास ऑपरेशन के पैसे अभी नहीं हैं, उन्हें दर्द की बात कहकर मुफ्त की चिंता उत्पन्न कर वर्तमान खुशियों को क्यों खराब करे।

पंचायत से कहकर उन दोनों कि शादी की गाँव के शिव मंदिर में भगवान को साक्षी मानकर सम्पन्न करा दी गयी। पुष्पी फिर वही पुष्पी हो गयी थी... गाँव की गलियों में, खेत-खलिहानों में चहकती फिरने वाली। उसकी सुन्दरता पहले से भी ज्यादा निखर आयी थी, चिंता से सिकुड़ी रहने वाली माथे की लकीरें न जाने कहाँ गायब हो गयीं और ललाट पर खुशियों की चमक झलकने लगी थी। कन्हाई की तो मानो तपस्या पूरी हो गयी थी। उसके सारे सपने साकार हो उठे थे। स्वर्ग में जाकर भी शायद इतनी खुशी न मिले। वह

पूरे जोश, दुगने उत्साह के साथ अपना काम करने लगा था। कन्हाई की खुशियाँ और उन्नति देख लोग वाह-वाह कर उठते थे।

इसी बीच पुष्पी गर्भवती हुई। उन दोनों की खुशियों का ठिकाना न रहा। पथरी की बीमारी भी पेट में बढ़ती रही। कभी-कभी पुष्पी को पेट में असह्य पीड़ा उठ पड़ती थी। डॉक्टर को दिखाने पर डॉक्टर ने कहा कि पथरी की बीमारी बढ़ गयी है, लेकिन गर्भावस्था में ऑपरेशन खतरनाक है। समस्या विकट थी। एक तो गर्भावस्था का चरम और यह ऊपर से जानलेवा बीमारी। डॉक्टर ने सलाह दिया कि प्रसव के पहले ही पुष्पी को हॉस्पिटल में भर्ती करा दिया जाय ताकि उसकी जान को खतरा न हो, यह बीमारी कभी भी जान पर बन सकती है। मरता क्या नहीं करता, कन्हाई, पुष्पी को किसी भी हाल में खोना नहीं चाहता था। एक दिन वह अनुराधा को नाना के पास पहुँचाकर कुछ जरूरी सामान के साथ पुष्पी को लेकर शहर चल पड़ा। शहर जाकर उसने पुष्पी को अस्पताल में भर्ती करा दिया। चौथे दिन ही पुष्पी प्रसव से तड़प उठी। पुष्पी की सेहत को लेकर चिंतित, घबराये कन्हाई के चेहरे पर सफल प्रसव से खुशी की लहर दौड़ गयी जब उसने अपनी संतान का पहला रुदन सुना। पुत्र रत्न की प्राप्ति की खबर से वह आह्लादित हो उठा। पुत्र स्नेह से अभिभूत उसकी खुशी का ठिकाना न रहा, पर यह खुशी तत्काल ऑपरेशन की खबर से गुम हो गयी। कन्हाई के तो होश उड़ गये। उसके पास जो पैसे थे वह चार-पाँच दिनों में ही खर्च हो चुके थे। उसके पास बहुत थोड़ा ही रह गया था। अब क्या करे वह। गाँव में भी तत्काल किसी से पैसा मिलना सम्भव न था, कारण कि अभी तो धान कटनी शुरू ही हुई थी। अपनी फसल तो खेतों में ही पड़ी थी। हाय पुष्पी! तेरे बोये सेवा किये फसल भी आज तेरे काम न आ सके। कहाँ से तुरंत मैं पैसों का इंतजाम करूँ। रघु तो है इस शहर में पर पुष्पी की इच्छा नहीं कि उसके पैसों से इलाज हो। उसकी इच्छा नहीं तो न सही, यहाँ जान की पड़ी है, पड़ी रहे उसकी इच्छा उसी के पास। वह रघु से पैसे माँगने का निर्णय कर पुष्पी को बिना बताये चल पड़ा रघु के पास। दरबान से पता चला रघु नहीं है अभी इस शहर में, बाहर गया है, चार-छह दिन की यात्रा है उसकी। कन्हाई को बड़ी हताशा हुई। रीमा भाभी से पैसों की माँग करना क्या उचित है, क्या वह इस नाजुक समय में भी सहायता कर सकेगी? मरता

क्या नही करता। माँगकर तो देखूँ जाने किस रूप में भगवान सहाय हों। कन्हाई, दरबान से बोला- ''भाई साहब मैं मिलना चाहता था रघु से, पर वह तो हैं नहीं, मालकिन से ही मिलता जाता हूँ।''

एक दरबान- ''ऐ भिखारी राम! जरा बोलने की तमीज सीख तमीज, यहाँ बड़े-बड़े आते हैं और आदर से पूछते हैं एडवोकेट रघुवीर सिंह हैं और तू तो जैसे उनका मालिक हो... रघु से मिलना चाहता हूँ धत्त!'' उसने दुत्कारा।

कन्हाई-''माफ करना भाई आदतवश बोल गया।''

दूसरा दरबान- ''अरे जाने दे यार काहे को इस जाहिल गँवार की बात पर गरम होता है, इसने कभी सभ्यता सीखी ही नहीं।''

पहला दरबान- ''इसमें अपनी भी बेइज्जती है, देख तो कैसा निर्लज्ज सा बोलता है।''

दूसरा दरबान- ''ओ भाई जा यहाँ से, अभी तो बचा लिया, अबकि मुफ्त मार खायेगा।''

कन्हाई-''भाई जी मिलना बहुत जरूरी है।''

पहला दरबान- ''तू तो पिटेगा ही हमारी भी नौकरी बर्बाद करेगा क्या।''

कन्हाई ने हाथ जोड़कर प्रार्थना किया बोला- ''भाई साहब बहुत विपत्ति में हूँ, मदद करो, सिर्फ इतनी खबर दे दो कि कन्हाई आया है किशनपुर से।''

दूसरा दरबान- ''जा बोल दे मालकिन को, दया होगी तो पाँच-दस मिल जायेंगे।'' कन्हाई चुप रहा।

पहला दरबान- ''क्यों मुफ्त सरदर्द लेता है, इस कंगाल से हमें क्या फायदा, अभी मारकर भगा देता हूँ।

दूसरा- ''अरे वकील साहब को रघु बोलता है, हो सकता है, गाँव का कोई रिश्तेदार हो। किस्मत में कुछ आ भी सकते हैं।'' पहला दरबान अन्दर जाकर रीमा से बोला- ''मालकिन! किशनपुर गाँव का कोई कन्हाई नाम का व्यक्ति मिलना चाहता है।''

रीमा- ''बोल दो वकील साहब नहीं हैं।''

दरबान- ''बोला था; वह आपसे मिलना चाहता है।''

रीमा-''मुझसे? बोल दो अभी व्यस्त हैं बाद में मिले।''

दरबान आकर कन्हाई से बोला- ''अभी मालकिन व्यस्त हैं। बाद में आकर मिलो।'' कन्हाई कुछ न बोला, वहीं किनारे चुपचाप बैठ गया। घण्टेभर बाद कन्हाई को सहन न हुआ तो उसने फिर दरबानों से कहा- ''भाई साहब! जरा पता कीजिए मालकिन फुरसत में हुईं।''

दूसरा दरबान- ''जा यार काहे को यहाँ सिर पटकता है, तुम जैसों से मिलने के लिए मालकिन को कभी फुरसत नहीं मिल सकती।''

कन्हाई रुआँसा होकर बोला- ''शायद आपको कभी जिन्दगी में दुःख न हुआ हो इसलिए आपको पीड़ा का ज्ञान नहीं।''

दूसरा दरबान- ''ऐसा कौन है जिसे दुःख न झेलना पड़ा हो।'' दूसरे दरबान को कन्हाई की आँखों में लाचारी देख दया आ गयी। उसने कहा- ''रुक अभी मिलाता हूँ।'' वह दरबान अंदर गया और रीमा से बोला- ''मालकिन, किशनपुर से आया व्यक्ति आपसे मिले बगैर जाने का नाम ही नहीं लेता।''

रीमा- ''मैं क्या करूँ; फिर मरने दो वहीं बैठे-बैठे और हाँ, दरवाजे पर मत बैठने देना, बड़े-बड़े लोग आते रहते हैं।'' शाम हो गयी। बेचारा कन्हाई ईश्वर से विनती करता भूखा-प्यासा वहीं बैठा रहा। दरबान को लगा जरूर वह किसी भारी कष्ट में होगा। उसने फिर मालकिन से जाकर कहा- ''मालकिन वह व्यक्ति गेट पर जान देने को तुला है, आपसे मेरा भी आग्रह है कि आप उससे क्षण भर के लिए मिल लें।'' रीमा पैर पटकती बाहर निकल आयी। गुस्से से बोली- ''कहाँ है?'' कन्हाई, रीमा की आवाज सुनते ही उठकर दौड़ा जैसे देवी का दर्शन करनी हो और वह दिन भर की तपस्या के बाद अभी प्रकट हुई हो। कन्हाई को देखते ही रीमा पहचान गयी, साथ ही घृणा से भी भर गयी। यदि दरबानों ने किसी तरह सुन भी लिया कि यह रघु का लँगोटिया फटेहाल दोस्त है तो नाक कट जायेगी। बोली- ''अंदर आओ।'' कन्हाई ने

भगवान को धन्यवाद दिया। सोचने लगा- शायद रीमा उसकी मजबूरी पर जरूर सहायता करेगी। अंदर आकर पूछी- ''कहिए क्या बात है ?''

कन्हाई-''मुसीबत आ पड़ी है, थोड़े रुपये की जरूरत थी।''

रीमा झट बोल पड़ी-''यानी आप रुपये माँगने आये हैं; आप लोगों को शायद यह जन्मजात आदत है किसी अमीर को देख, दोस्त कहकर रुपये माँग-माँगकर खाते रहने की। यहाँ हमारी मजबूरी कोई नहीं देखता। अभी तक तुम्हारे दोस्त का अपना बँगला नहीं है, यह हमारे पिता का घर है, हमारी क्या मुसीबत है उसे कौन देखता है, सभी रोने चले आते हैं, अपनी मुसीबत को। तुझे क्या लगता है यहाँ मुफ्त के पैसे झड़ते हैं। तुम तो दिन भर काम किये, रात में आराम से सो रहे, यहाँ दिन और रात दिमाग और शरीर रगड़ना पड़ता है। हम तो खुद गरीब हैं, न अपना बँगला, न अच्छी गाड़ी, पैसे कहाँ से दें, अभी मेरे पास फालतू के एक भी पैसे नहीं, हाँ रघु आयेगा तो कह दूँगी मुफ्त के पैसे हों तो परोस आये।'' कन्हाई जैसे मर ही गया। पैसे न देते न सही, पर इतनी बेइज्जती काहे की। आँखों में आँसू छलक पड़े। इसी रघु की खातिर उसने अपने जोतहा बैल बेच डाले थे... तनिक भी न सोचा था कि बरसात में खेती कैसे होगी या भूखों मरना पड़ेगा। इस आसरे में कि रघु वकील बनकर पैरों पर खड़ा हो जाय। आज वह अपने पैरों पर खड़ा था, पर सिर्फ अपने लिए। वह आँसू लिये वहाँ से सीधा हॉस्पिटल लौट पड़ा। लौटते रात हो चुकी थी। आज भी ऑपरेशन का पैसा जमा न हो सका। पुष्पी जिन्दगी और मौत के बीच झूलती रही।

ऑपरेशन के पैसे न जुट पाने के कारण कन्हाई, पुष्पी को उसी अवस्था में लेकर घर लौट गया। आगे ईश्वर की मर्जी थी। अस्पताल से लौटकर पुष्पी कमजोरी के कारण बिस्तर पर ही पड़ी रही। कन्हाई बहुत चिंचित था। उसे अब कहीं से भी पैसे मिलने की उम्मीद न रह गयी थी। अंततः उसने निर्णय लिया कि ये सारी जमीन-जायदाद किस दिन काम आयेगी। वह शाम में उठकर बड़े किसानों के पास चल पड़ा अपनी फसल लगे जमीन की बिक्री के लिए। गाँव के किसान भी उसकी मजबूरी का फायदा उठाने से न चूके। फसल लगी जमीन मिट्टी के मोल बेच डाला। मरता क्या नहीं करता। वह किसानों से पैसे लेकर घर पहुँचा। उसे एक ओर खुशी थी कि उसने ऑपरेशन के लिए

पैसे एकत्रित कर लिया है, पर वहीं वह उन जमीनों को याद कर खून के आँसू रो पड़ा जिन पर वह बिना दम लिये घण्टों कड़ी धूप में पसीना बहाया करता था। कन्हाई के पसीने का गाढ़ापन उन्हीं फसलों में झलकता था जो फूल-फल से मतवाले होकर जरा सी हवा के झोंको पर झूम-झूमकर खुशियों के गीत गा रहे थे। पसीना बहाने वाला कन्हाई रो रहा था और उसकी मजबूरी का फायदा उठाकर उसकी जमीन मिट्टी के मोल लेने वाले बड़े किसानों के घर घी के दिये जलाये जा रहे थे, खुशियाँ मनायी जा रही थीं, पकवान पक रहे थे। आज कन्हाई को पता चला कि एक घर के बरबाद होने से कितनी खुशियाँ मनायी जाती हैं। कन्हाई सुरक्षित जगह में पैसे रखकर पुष्पी के सिरहाने आ बैठा। उसी खाट पर नवजात शिशु सो रहा था।

पुष्पी- ''पैसे मिले? मैं कहती हूँ न बेकार हाथ-पाँव मारते हो।''

कन्हाई-''हाँ मिले।''

पुष्पी उतावली-सी बोली- ''किसने दिये?''

कन्हाई-''मेरे पूर्वजों ने।''

पुष्पी-''पूर्वजों ने? कहीं से कोई गड़ा खजाना खोद लाये क्या?''

कन्हाई हताशापूर्ण स्वर में बोला- ''हाँ पुष्पी, गड़ा खजाना तो नहीं पर उनकी पसीने की सारी कमाई जो मुझे सौंप गये थे सारी की सारी बेच डाला।''

पुष्पी-''अब तक तुमने कभी उस खजाने के बारे में बताया नहीं।''

कन्हाई-''बताना क्या वह तो प्रत्यक्ष था, जिस पर तुम घास निकवन किया करती थी, पौधों में खाद-पानी सींचा करती थी; मैं जिस पर हल-कुदाल चलाते कभी थकता न था सब का सब बेच दिया।''

पुष्पी हैरान होकर पूछा-''मतलब हमारी सारी जमीन...!''

कन्हाई-''हाँ पुष्पी और कोई उपाय न था।''

पुष्पी-''तुमने मेरे लिए क्यों ऐसा किया कन्हाई; आखिर यह नन्हा बड़ा होकर किस खेत में कमाने-खाने जायेगा; बित्ते भर ही सही अपना होता तो

उसी में जी खा लेता।''

कन्हाई- ''सबका अपना-अपना नसीब होता है... मुझ नालायक को देखो, कुल का कलंक हुआ, पूर्वजों की सम्पत्ति भी न सँभालकर रख सका। बेटे के नसीब में होगा तो बहुत सारी जमीन खरीदेगा और नहीं तो फूटी किस्मत लेकर पैदा हुआ होगा तो अब यह जो घर बचा है उसे भी मेरी तरह गवाँ बैठेगा।''

पुष्पी-''इसके लिए अपशकुन बातें क्यों कहते हो।''

कन्हाई-''यही हकीकत है, सबका अपना-अपना, अलग-अलग नसीब है।'' कन्हाई ने एक गहरी साँस ली और बच्चे को एकटक निहारने लगा।

इतने में पुष्पी के पिता अनुराधा को लेकर आ पहुँचे। उन्होंने अनुराधा को गोद से उतार दिया। अनुराधा माँ को खाट में लेटी देख माँ-माँ करती दौड़ी-दौड़ी जा पहुँची। फिर वह उस नन्हे बालक को देख कन्हाई की ओर देखने लगी जैसे पूछ रही हो कि यह अजनबी कौन है, यह मेरे स्थान पर क्यों सोया है। फिर वह उस शिशु से खेलने लगी, उसे खेलने को गुड्डा जो मिल गया था। अनुराधा के इस करतब ने सबका मन मोह लिया था। सभी उसे ही और उसकी लीला को ही देखने मे मगन हो गये थे। कन्हाई एक पल के लिए जैसे ख्वाबों में खो गया-काश! पुष्पी बीमारी से मुक्त होती, फिर तो इन दो नन्हें बच्चों के साथ अपना एक संसार होता। अपनी जमीन होती फिर मेहनत तो अपना था ही। तब कितना खुश रहता यह परिवार। पता नहीं क्या लिखा है नसीब में। वह इसी मधुर कल्पना में खोया था कि पुष्पी के पिता की आवाज गूँजी-''कन्हाई बेटा, पैसों का कुछ इंतजाम हुआ?''

कन्हाई-''हाँ बाबूजी हो गया।'' पुष्पी के पिता थैली से कुछ रुपये कन्हाई की ओर बढ़ाते हुए बोले- लो इसे रख लो काम आयेंगे।'' कन्हाई ने पैसे रख लिये। पुष्पी के पिता ने नवजात को गोद में उठाया, दुलारा-पुचकारा और ढेर सारी दुआएँ दी और फिर जाने की इजाजत माँगी। ''अच्छा अब चलता हूँ; अनुराधा को भी साथ लेता चलता हूँ यहाँ तंग करेगी।''

कन्हाई-''नहीं बाबूजी कल सुबह ही ऑपरेशन के लिए शहर निकलना है, आज के लिए अनुरोधा को यहीं रहने दीजिए; माँ के साथ रहेगी, कल

सुबह आप अनुराधा को ले जाइएगा।''

पिता- ''ठीक है तो फिर मैं चलूँ।'' यह कहकर वे अपने घर चले गये। उनके जाते ही पुष्पी, कन्हाई से मुखातिब हुई- ''सारी जमीनें चली गयीं हाथ से।''

पुष्पी- ''ये पैसे जाकर वापस कर दो, मुझे नहीं करवाना ऑपरेशन।''

कन्हाई- ''आखिर ये जमीन-जगह कब काम आयेंगे।''

पुष्पी-''दो बच्चे हैं काम न आयेंगे।''

कन्हाई-''आज भी तो काम ही आया है।''

पुष्पी-''मैं अपने लिए इन बच्चों का भविष्य क्यों खराब करूँ।''

कन्हाई-''तुम कैसे जान गयी इनके भविष्य को ?'' पुष्पी चुप रही।

अनुराधा के बच्चे के साथ खेलने से बच्चे के जग जाने की आशंका से कन्हाई ने अनुराधा को उठाकर अपने गोद में ले लिया और पुचकारने-दुलारने लगा।

पुष्पी- ''कन्हाई! तुम जो मुझ पर इतना लुटा रहे हो फिर भी मैं मर गयी तो...?''

कन्हाई-''क्या ये सब इतना कुछ मरने के लिए ही कर रहा हूँ मैं, आखिर भगवान है कि नहीं!''

पुष्पी-''यदि भगवान यह बीमारी न देता तो हम कितने खुशहाल रहते।''

कन्हाई-''अभी कौन-सी बदहाली है।''

पुष्पी-''बदहाली अभी तो नहीं पर मैं तुम्हारी बदहाली का कारण जरूर बन गयी हूँ।''

कन्हाई-''तुम्हें पाकर मैं बहुत खुश हूँ।''

पुष्पी-''न जाने क्यों मेरा दिल कहता है मैं तुम्हें बहुत परेशान कर रही हूँ, तुम पर भार बनी पड़ी हूँ।'' पुष्पी ने हताशा जतायी।

कन्हाई- ''शहर जाकर ऑपरेशन करा लाऊँ फिर सब ठीक हो जायेगा।''

पुष्पी-''मेरा दिल बहुत घबराता है कन्हाई ऑपरेशन से; तुमने मेरे लिए बेकार ही हुज्जत मोल लिया, सारी जमीन बेच डाला, तनिक सोचा भी नहीं।''

कन्हाई-''बहुत सोचा-समझा अब यह चिंता छोड़ सो जा, अब मुझे भी नींद आ रही है।'' वह अनुराधा को साथ लेकर बगल की चारपायी पर लेट गया।

आधी रात को पुष्पी पेट दर्द से कराह उठी। कन्हाई हड़बड़ाकर उठ बैठा। देखा- पुष्पी दर्द से बेहाल खाट पर लोट रही है। हाय! हाय! यह क्या हुआ अचानक पुष्पी को। ''पुष्पी! पुष्पी!'' पुष्पी तड़पकर रह गयी। उसी बिस्तर पर सोया नवजात शिशु जोर-जोर से रोने लगा। कन्हाई, पुष्पी का सिर अपनी गोद में लिये विलाप करता रहा- पुष्पी। पुष्पी!'' पुष्पी चुप थी, शरीर शिथिल पड़ गया था। अनुराधा चिल्ला-चिल्लाकर रोती रही। आज कोई चुप कराने वाला न था, इन दोनों बच्चों को। कन्हाई बिलख उठा- ''हाय पुष्पी! यह क्या हो गया; अकेला छोड़ गयी मुझे इन बच्चों के साथ तड़पने को।''

दोनों बच्चे सिसक-सिसककर रोते रहे। कन्हाई विलाप करता रहा। उन दोनो बच्चों के क्रंदन से आस-पास के औरत-मर्द व्याकुल होकर दौड़े आये। पुष्पी खाट पर चित पड़ी थी जैसे वह गहरी नींद में हो। वह नन्हा शिशु भूख से बिलखता ''कहाँय! कहाँय!'' (बालक्रंदन) कर हाथ-पाँव मार रहा था। चेहरा लाल सुर्ख हो गया था। उसे रोते देख ऐसा जान पड़ता था कि अब हलक निकल पड़ेगा। बच्चा शायद माँ के प्यार और स्तनपान के लिए छटपटा रहा था। ''चटर! चटर!'' स्तनपान के लिए बार-बार जीभ निकालता नन्हे हाथ बार-बार स्तन की ओर अनायास ही उठ जाते थे। दूसरी खाट पर अनुराधा बिलख-बिलखकर रो रही थी। कन्हाई जमीन पर बैठा पुष्पी की खाट पकड़कर मौन विलाप कर रहा था। यह हृदय विदारक दृश्य देखकर लोग नतसिर हतप्रभ खड़े थे। लोगों के मुख से अनायास ही आह निकल पड़ती थी। हाय! यह क्या अनहोनी हो गयी... पुष्पी मौन, चित क्यों लेटी है और

यह कन्हाई जमीन पर अखर-अखर कर क्यों विलाप कर है और ये दोनों बच्चे क्यों चीखे-चिल्लाये जा रहे हैं। क्या इतना चीखने-चिल्लाने, विलाप करने पर भी पुष्पी की नींद नहीं खुलती।

आज दो वर्ष हो गये रघु के विवाह को पर उसे कोई संतान न हुई। यही कारण है कि रीमा चिड़चिड़ी हो गयी थी और रघु भी रीमा के चिड़चिड़ेपन से परेशान था।

बात-बात पर झल्लाना, खीझना, रोना, चिल्लाना, झगड़ना, नौकरों पर बरबस बरस पड़ना उसकी रोज की आदत हो गयी थी। सारे घर का माहौल तनावपूर्ण हो गया था। जब तक रघु घर से बाहर कामों में व्यस्त रहता कुछ शांति रहती, पर घर आते ही वही किचकिच। एक समय था जब रघु बाहर की दुनिया की किचकिच से बचने के लिए घर भागा चला आता था, अब वही बाहर की किचकिच घर के अपेक्षा सुकूनदायक थी।

डॉक्टर ने स्पष्ट कह दिया था कि रीमा कभी माँ नहीं बन सकती... फिर भी दोनों ने काफी कोशिश की, कई बड़े-बड़े डॉक्टरों से जाँच करायी... यहाँ तक कि जोग टोटका आदि में विश्वास न रखने वाले रघु ने योग, तप, टोटके भी कराये पर कोई लाभ न हुआ। संतान पाने की इच्छा में उससे जितना भी प्रयास हो सकता था कोई कसर न रख छोड़ा। बड़े-बड़े डॉक्टरों से लेकर साधारण छोटे बाजारों में मदारियों के द्वारा बेची जाने वाली दवाओं का भी उपयोग कर देखा। जिसने जो कहा, सब काम कर गुजरने के बाद भी जब संतान न हुई तो वह गोद लेने की बात पर विचार करने लगा।

सारी कोशिशों के बावजूद रघु की कोई संतान न हुई तो वह काफी दुःखी हुआ। उसे ये सारा धन-वैभव, ऐशो-आराम सब व्यर्थ लगने लगा। क्या करेगा वह इतना धन कमाकर, कौन खाने वाला है उसका। क्यों कमाये वह इतनी दौलत, किसके लिए। उसका यह वकालत करना, दिन-रात मेहनत करना सब बेकार-सा हो गया था। उसे दुनिया से लगाव ही न रहा... जैसे जिजीविषा ही समाप्त हो गयी हो। वह तो किसी गरीब को गोद ले भी लेता, पर रीमा इसके लिए पूर्णतः तैयार न थी। ऊपरी मन से जरूर उन दोनों ने कई बच्चों को देख रखा था, पर रघु को यह हमेशा भय बना रहा कि यदि रीमा

बच्चे को न अपना सकी तो बेचारे की जिन्दगी अकारथ जायेगी। यदि रीमा बच्चे को माँ का प्यार न दे सकी तो उस बच्चे के प्रति अन्याय होगा, उसे बचपन की ममता से वंचित करने से अच्छा हम निःसंतान ही रहें। एक-दो सगे सम्बंधियों ने रीमा का व्यवहार देख अपने बच्चे देने से भी मना कर दिया था। एक-दो तैयार भी थे किन्तु उनकी शर्तों से यही जाहिर होता था कि बच्चे को देकर उनकी कुटिल नजरें सारी सम्पत्ति पर थीं। हाय! ये कैसे माँ-बाप हैं जो सम्पत्ति के लिए बच्चे की ममता का गला घोंटने को आतुर हैं... शायद इन्हें संतान की तड़प नहीं मालूम। रघु ने कई बार रीमा को कन्हाई की बात सुझायी थी... वह कई बार याद दिला चुका था कि कन्हाई की शादी हो चुकी है, सम्भवतः बच्चे भी हो चुके होंगे, क्यों न उसी से बच्चा गोद ले लिया जाय। पर रीमा का अभिमान यह कदापि स्वीकार न कर सका कि किसी फटेहाल को गोद ले, किसी मिट्टी को उठाकर घर लाये। बचपन से शहरी दिखावे में रँगी रीमा यह कभी न सोच सकी कि उसे बच्चा चाहिए न कि नामी-गिरामी इज्जत का ढोंग करने वाले का बच्चा। वह किसी गरीब को गोद लेना सोसायटी में अपनी तौहीन समझती थी। उसकी यह इच्छा भी जाहिर हो चुकी थी कि वह अपने ही सम्बंधियों में से किसी को अपना वारिस बनाना चाहती थी।

रीमा के इस रवैये से रघु काफी दुःखी था। कई बार इन झंझटों के बीच उसे पुष्पी की याद हो आती थी। रीमा के रहमोकरम पर उसका वकील बनना उसे खलने लगा था। कभी-कभी वह सोचने लगता- इस शहर से तो अच्छा अपना गाँव ही था जहाँ कोई दिखावा नहीं, कोई ढोंग नहीं, मेहनत और ईमानदारी का शान्तिपूर्ण जीवन। कितना सुकून मिलता था जब दिनभर खेतों में कड़ी मेहनत के बाद घर लौटकर बीवी-बच्चों के साथ पेटभर साग-भात खाता और चैन की नींद सोता। उसे अनायास ही पुष्पी की निस्वार्थ सेवा, स्वच्छंद प्यार याद हो आता था। वह उस मनहूस समय को हमेशा कोसा करता था जब वह शहर की चकाचौंध में खोने लगा था। यह शहर की दुनिया जगमग जरूर लगती थी, पर न कोई यार न अपने सगे-सम्बन्धी जिनके पास बैठकर दिल की बातें कह-सुन सकता था। यहाँ तो सब दिखावे का व्यवहार, मतलब के यार, सभी अपनी-अपनी स्वार्थ साधना से संलिप्त, किसी को किसी से कोई मतलब नहीं, बातें करने तक की फुरसत नहीं। सभी दिखावे में एक-दूसरे

से दो कदम आगे निकलने की होड़ में। ओफ्फ...! ये प्यार रहित नीरस जिन्दगी। न वह मधुर संगीत जो ग्वालों की बाँसुरियों से दूर-दूर तक मदहोशी फैला दिया करती थी। न चिड़ियों की मधुर संगीतमयी संध्या का स्वागत गान, न संध्या का स्वागत करती मवेशियों की टून-टून करती गले की घण्टियाँ। इन्हीं मधुर कल्पनाओं से रघु को हताशा और निराशा के बीच एक नयी ऊर्जा और सुकून मिलता था।

रघु के कोर्ट से आते ही रीमा झल्लायी-सी बोली- ''आज बच्चा देखने जाना था भूल गये! इतनी देर इंतजार करते-करते थक गयी कहाँ थे अब तक, जरा भी परवाह नहीं मेरी किसी को।''

रघु- ''रीमा तुम यह सब क्या कहती हो मेरी समझ में कुछ नहीं आता; बच्चा ही गोद लेना है तो किसी को भी कहीं से भी ले लो ये रोज-रोज क्या लगा रखा है कि इसका बच्चा देखना, यह सुन्दर नहीं तो गोरा नहीं तो गरीब है... जैसे तुम बच्चे को अपने शौक के लिए लेना चाहती हो। मुझे तो डर है कि तुम्हारा शौक पूरा हुआ कि बच्चा अनाथ हो जाय। क्यों किसी मासूम की ममता का मजाक बनाना चाहती हो; बच्चा हमारी दौलत का नहीं प्यार का भूखा होगा।'' इतना कहना था कि रीमा बिगड़ पड़ी।

रीमा- ''आपको तो बस बच्चा चाहिए, किसी नाली के कीड़े को ले आओ, न शक्ल न सूरत, किसी काले-कलूटे को बना दो इतनी बड़ी जायदाद का वारिस।''

रघु गम्भीर होकर बोला- ''मेरे पास तो कोई सम्पत्ति नहीं रीमा, मैं वही बरतन मलकर गुजारा करने वाला रहा हूँ, यह सब सम्पत्ति तो तेरी है। तूने जो मुझे वकील बनाने को पैसे लगाये थे, वकील बनकर मैं दुधारू गाय हो गया हूँ जैसे- घोड़े की फुर्ती देखकर रेस में बाजी लगाया जाता है। घोड़े का काम है रेस जीतना, दौड़ना; यह नहीं कि जीती गयी बाजी की सम्पत्ति पर उसका अधिकार होता है। शायद तुमने भी घोड़ा देखकर बाजी लगायी हो... दुधारू गाय को ही बेसन, खल्ली, चूनी मिलते हैं। बिसकी गाय को नहीं।'' रघु इतना कहकर चुप हो गया।

रीमा- ''तुम मेरे प्यार को घोड़े की रेस की तरह सिर्फ एक बाजी समझते

हो! क्या नहीं किया मैंने तुम्हारे लिए।'' वह रो पड़ी।

रघु-''त्याग का ही दूसरा नाम प्यार है, यहाँ तक कि आत्मोत्सर्ग भी और तुम कहती हो क्या नहीं किया मेरे लिए। यदि यह सच्चा प्यार होता तो शायद तुम यह बात न कहती। हाँ, किया है मेरे लिए, इन बातों से मुझे कतई इन्कार नहीं, इसलिए तो मैं उन सम्पत्तियों का आदर कर रहा हूँ अब तक। तुम शायद जो समझो पर मुझे महसूस होता है कि मैं गुलाम हूँ तुम्हारा, प्रेमी नहीं, क्योंकि तुमने मुझे वकील बनाकर खरीद लिया, लेकिन मेरी आत्मा यह कभी नहीं कहती कि तुमने मुझे वकील बनाया, वकील तो कन्हाई ने मुझे बनाया है।''

रीमा चिल्लायी-''कितने पैसे दिये उसने अब तक जो उसी का राग अलापते रहते हो?''

रघु-''उसने तुम्हारी तरह मिट्टी के ढेले के समान पैसे नहीं फेंके, मेरे साथ बाजी नहीं खेली; उसने त्याग किया है जो अमूल्य है, उसी के त्याग, प्रेरणा और विश्वास से आज वकील बना हूँ मैं।

तब फटेहाल थे हम, पैसे न थे परीक्षा फार्म भरने को, न रोटियाँ खाने को। कन्हाई और मैं हम दोनों ने मिलकर काम किया फिर भी उतना पैसा न हो सका कि दोनों फार्म भर सकें। बेचारे ने त्याग किया मेरे लिए। मैंने इण्टर पास किया, फिर बी.ए. में नामांकन के लिए उसने मात्र पाँच सौ रुपये दिया। वह पाँच सौ रुपया मात्र न था, उसका त्याग था, प्रेम था। झट अपने बैल बेच डाले और रुपया हाथ में थमाकर सुबह होने से पहले ही विदा कर दिया इसलिए कि इस बीच कहीं कोई बाधा न आ जाये... यह भी न सोचा कि घर के लोग क्या कहेंगे, पीटेंगे या घर से निकाल देंगे। उसने यह भी न सोचा कि बिना बैल खेती कैसे होगी और परिवार भूखों मरेंगा।

उसका मुझसे कोई स्वार्थ नहीं बिलकुल निःस्वार्थ प्रेम था। वह भी मुझसे प्यार करता है पर प्यार के प्रेरक त्याग से, स्वार्थ से नहीं। इतनी फटेहाली में भी उसने एक रुपये तक की न माँग किया, न कभी जिक्र और मैं बदनसीब उसे एक चवन्नी तक भी न दे सका। यह सब अपना जमीर बेचने का फल है और एक तुम हो जो हर रोज किसी न किसी बहाने ताने देती हो कि तुमने मुझ पर रुपये खर्च किये। यह प्यार नहीं याद रखो रीमा। भूख के समय जो जूठन

दे जाते हैं न कि तृप्ति के समय जो सुन्दर-सुन्दर डब्बों में स्वादिष्ट मिठाइयाँ लेकर आते हैं। स्वार्थ-निःस्वार्थ की पहचान यहीं होती है। जूठन निःस्वार्थ मिलता है जबकि ये रंगीन मिठाइयाँ स्वार्थ के लिए दी जाती हैं।''

आज मुझे पश्चात्ताप है कि मैंने न जाने किस मनहूस घड़ी में अपने जमीर को बेचकर वकील बनने को सोचा था। आज मुझे याद आती है एक ग्रामीण बाला पुष्पी की जो प्रेम और त्याग की साक्षात् प्रतिमूर्ति थी। एक दिन भले ही उसे मैं प्रेम कह दूँ पर अब मात्र वासना ही रही। वह मेरी वासना की शिकार भी बनी इसलिए कि प्रेम करती थी वह मुझसे। आज तक मैंने उसकी खबर भी न ली, क्योंकि मेरी जमीन ही न रही। न जाने कहाँ किस हाल में होगी वह बेचारी या फिर कलंक ढोती फिरती होगी पागलों की तरह। मैंने उसके साथ अन्याय किया इसलिए कि मैंने तुमसे कर्ज लिया था। मैं गाँव का सीधा-सादा ग्रामीण हूँ, मैंने नमक खाया है तुम्हारा, उसी को अब तक चुका रहा हूँ; मैं उस बेचारी की ओर मुड़कर देखा भी नहीं कि वह किस हाल में है, न ही कन्हाई से पूछ सका इसी भय से कि कहीं छूटा हुआ पिण्ड फिर से ढोना न पड़े।'' रघु की आँख से आँसू छलक पड़े थे। उसने आँसू पोंछते हुए भारी स्वर में कहा- ''आज मुझे वह कमी खलती है। क्या रखा है इस वकालत में, ये कागज के नोट नहीं चाहिए मुझे... काश! मेरे दिमाग में वकील बनने की सनक न हुई होती तो आज उसी गाँव में पुष्पी के साथ खुश रहता। दिन भर कड़ी धूप और वर्षा में खेतों में काम करता और शाम को बीवी-बच्चों के साथ बैठकर साग- रोटी खाता। आज कन्हाई की कोई जमा सम्पत्ति नहीं, फटेहाल है पर खुश है, अपनी मेहनत की पूँजी से खुश है सूखी रोटियाँ खाकर।'' वह रो पड़ा।

रीमा जैसे कोई कहानी सुन रही थी। रघु की बात बहुत कड़वी थी, पर थी हकीकत। यह बात आज रीमा को मालूम हुई। इससे पहले खुद रघु भी इन बातों का जिक्र तक न किया था। आज रीमा जिसे प्रेम कहती थी वह स्वार्थ दिख पड़ा और उनका प्रेम इतना छोटा इतना बौना नजर आने लगा कि वह आत्मग्लानि से विचलित हो उठी।

दूसरे दिन सुबह रीमा, रघु से बोली- ''अब आप जिस बच्चे को कहेंगे उसी को गोद ले लूँगी... आपने कभी अपने गाँव के ही वकील दोस्त हासिम और पूरनचंद का जिक्र किया था, उनके बच्चे को भी मैं देख गयी थी, यदि

आप कहें तो उन्हीं से बात करूँ।'' रीमा की इन बातों से रघु को अजीब सी शांति मिली। सिर्फ आज्ञा देने वाली रीमा आज पहली बार रघु से आज्ञा ले रही थी। कसाई मुहल्ले में रोज कौओ की टर टर... के बीच कोयल की कूक अजीब सा सुकून देती है। वह मुस्कुराते हुए बोला- ''नहीं रीमा, कभी वे भी हमारे लंगोटिया यार थे, उन्होंने भी त्याग किया था, पर वे मुझसे ईर्ष्या भावना रखते हैं; उन्हें यह बात बर्दाश्त नहीं कि मैं फुटपाथ पर रात काटने वाला उनके सामने एक ही गाँव का होते हुए इतना बड़ा वकील बन जाऊँ... उनकी बातों से, गोद लेने में रखी शर्तों से मुझे यही आभास होता है कि उनकी नजर सिर्फ हमारी दौलत पर है... क्या तुझे कभी कन्हाई का खयाल न आया?''

रीमा- ''आप कहीं ताना तो नहीं दे रहे? हाँ मानती हूँ कन्हाई फटेहाल हैं, पर दिल से हमसे ज्यादा धनवान है; पर उनकी शादी, बच्चे...।''

रघु-''मेरी भी यही इच्छा है कि हम कन्हाई की सन्तान को ही लें, इससे उसके त्याग का कुछ तो प्रतिफल मिल सकेगा; पर इधर छह महीनों से कोई अखर भी न आया, शायद नाराज है। मेरे खयाल से उसने शादी न किया होगा अन्यथा मुझे बुलाये बगैर वह शादी कर भी कैसे कर सकता है। पता नहीं कहीं वह अपनी वो के चक्कर में तो कुँवारा न बैठा हो।''

रीमा-''वो... मतलब?''

रघु-''उसकी एक वो थी, उसकी प्रेमिका; मैंने पूछा भी था उसका नाम, पर बताया नहीं। कहता है जब दुल्हन बन घर आयेगी तो खुद देख लेना। गाँव की भी याद आती है पर फुरसत भी नहीं मिलती कि कभी गाँव घूम आऊँ, कन्हाई से मिल आऊँ... तरस गया है मन गाँव की मिट्टी के दर्शन को।''

रीमा- ''काम तो जिन्दगी भर पड़े हैं, यदि आप चाहें तो आज छुट्टी लेकर कल ही गाँव चलते हैं, मैं भी कभी ससुराल न देख पायी।'' रीमा ने जैसे-रघु की मन की बात कह डाली हो। रघु की ग्राम दर्शन की सोयी लालसा फिर से जग उठी। दोनों एक-दूसरे को देख मुस्कुरा पड़े।

एडवोकेट रघुवीर सिंह इस उत्साह और उमंग के साथ गाँव जाने के लिए ट्रेन में बैठा जैसे कमाने के लिए शहर आया मजदूर कमाकर वापस लौट रहा हो। गाँव की कल्पना मात्र से ही एक अजीब-सी शांति और सुकून मिल रहा

था रघु को।

किशनपुर स्टेशन पर ट्रेन रुकने के लिए धीमी हो गयी थी। रघु के अधीर हृदय को राहत मिली। बोला- ''चलो रीमा! यही है हमारे गाँव का छोटा-सा स्टेशन।'' ट्रेन रुकी। रघु ने ट्रेन से उतरकर एक लम्बी अँगड़ाई ली जैसे सदियों बाद उसे ऐसी सुखदायी अँगड़ाई लेने का सौभाग्य प्राप्त हुआ हो। रघु ने सामान कंधे पर डाला और बोला- ''चलो रीमा।'' और वह उसके साथ चल पड़ी।

जाड़े के दिन थे। शाम होने को थी। स्टेशन से निकलते ही रघु को दूर-दूर तक फैले सरसों के खेत दिख पड़े। वायु से मंद गति में झूमते इन सरसों के फूलों को देख रघु और रीमा का मन भी झूम उठा। सरसों के फूलों से आच्छादित यह धरती ऐसी जान पाती थी जैसे- हरी साड़ी पहने कोई सुकुमार राजकुमारी ऊपर से पीली चुनरी ओढ़े शरमा रही हो। पर्वतों के पीछे अस्ताचलगामी सूर्य पश्चिमी आकाश में मद्धिम लालिमा फैलाये ऐसा जान पड़ता था जैसे-किसी दूर देश का राजकुमार पर्वतों के पीछे से इस सुकुमार राजकुमारी की सुन्दरता देख आसक्त हो रहा है। उसकी मंद-मंद किरणें जैसे मंद मुस्कान लिये सुबह फिर मिलने के वादे के साथ वनाच्छादित पहाड़ियों के ऊपर अपने निवास को लौट चली हों।

परिन्दे अपने नीड की ओर लौट रहे थे। आकाश में कतारबद्ध उड़ते बगुले जैसे दूर देश की बरात से लौट रहे हों। आस-पास की झाड़ियों में छोटी चिड़ियों का मधुर कलरव इस बात का एहसास दिला रही था मानो वे घर लौटकर कोई उत्सव मना रही हों। किसान, मजदूर सभी अपने-अपने घर की ओर हल-बैल लिये लौट रहे थे। दूर कहीं ग्वालों की मधुर बाँसुरी जो सुरीली आवाज से मवेशियों को घर लौटने के लिए एकत्र होने का संदेश दे रही हो। फिर इस गोधूलि के समय घर लौटते मवेशियों के झुण्ड और उनके खुरों से उठते धूल के बादल जो आकाश को धूसरित किये गाँव की ओर चले आ रहे थे।

सामने से जब मवेशी धूल उड़ाते गुज़रे, तो रीमा ने रूमाल से नाक ढक लिया। ठीक वहीं पर रघु जैसे इस मिट्टी की गंध जो नाक में सुगबुगाहट पैदा

कर देती है, के लिए लालायित हो उठा। वह इस धूल को जोर-जोर से नाक से खींच रहा था। वाह! क्या सोंधी है आ हा हा...। इस मिट्टी की सुगंध को रघु जैसे रोम-रो में बसा लेना चाहता हो। उसके सफेद कपड़े उड़ती धूल से मटमैले हो चले थे फिर भी वह मवेशियों के पीछे-पीछे इस मिट्टी की सुगंध का पान करते चलता रहा। रीमा लाचारीवश कपड़े झाड़ती, रूमाल से नाक दबाये, खाँसती पीछे-पीछे चलती रही जिसे देख ग्वाले ठहाके लगा-लगाकर लोट-पोट होते जाते थे। एक धूल को आत्मसात कर लेना चाहता था और एक धूल से परेशान थी। न जाने यह धूल कब नसीब होगी कि जितना चाहे समेट लो। रीमा भी रघु के इस जंगली पागलपन से खिलखिलाकर हँस पड़ी थी। उसने शायद पहली बार ऐसे पागल को देखा था जो इस धूल के लिए इतना आतूर हो रहा था जैसे वर्षों से धूल का भूखा हो। न वकालत की धौंस, न सभ्यता का ढोंग, न मान-सम्मान की ओछी चादर। रीमा एडवोकेट रघुवीर सिंह का... साधे-सच्चे ग्रामीण रघु का वास्तविक व मूल स्वरूप देख अचम्भित थी। क्या यही शहर का एक नामी-गिरामी एडवोकेट रघुवीर सिंह है जिसके काले कोट-पैण्ट में अब तक किसी ने धूल का एक धब्बा तक न देखा हो... आश्चर्य!

कन्हाई के घर पहुँचकर रघु ने आवाज दी- ''कनु! अरे ओ कनु...!'' कन्हाई, अनुराधा को पढ़ा रहा था और नन्हा सो रहा था। आवाज से ही कन्हाई ने पहचान लिया कि यह रघु की आवाज है। दौड़ा आया और दरवाजा खोला। दरवाजा खोलते ही रघु को देख कन्हाई के आश्चर्य का ठिकाना न रहा। उसने तो यही सोच रखा था कि अब रघु कभी गाँव की ओर मुड़कर देखेगा भी नहीं, आखिर क्या रखा है इस दरिद्र गाँव में। कन्हाई की सकल-सूरत देख रघु भी आहत हो गया। कन्हाई कभी गठीले शरीर वाला जिसके चेहरे पर हमेशा संतोष और खुशियों की आभा झलका करती थी... यह क्या है! अब यह क्या सूरत बना रखा है। दाढ़ी बढ़ी हुई। तेजहीन चेहरा। न चमक न रौनक। पर वर्तमान समय में दोनों के चेहरे पर खुशियाँ झलकने लगी थीं। कन्हाई ने रघु को खींचकर गले से लगा लिया। वर्षों से जमा आँसू का बाँध टूट गया फिर क्या था। दोनों ने एक-दूसरे से लिपटकर जी भरकर रोया। अश्रु बहे जी हल्का हो गया, दग्ध कलेजे में ठण्ड पड़ गयी, जी जुड़ा लिया। ये

मौन मिलाप सारी बात कह गया, जो वे दोनों एक-दूसरे को कहना चाहते थे। ये भावपूर्ण मिलाप देख शायद रीमा भी वह सब कुछ समझ गयी जो वह अब तक के जीवन में कभी न समझ पायी थी या कहें समझने कि मौका ही न मिल पाया था।

एक-दूसरे से गले मिलने के बाद कन्हाई ने अंदर चलकर बैठने का इशारा किया। कन्हाई की स्थिति देख रघु को रोना आ रहा था। रीमा आत्मग्लानि से कन्हाई से नजरें बचाती फिरती रही। इसी कन्हाई को उसने कभी सहायता माँगे जाने पर फटकार कर भगा दिया था। कन्हाई ने शायद रीमा की इस आत्मग्लानि को महसूस कर लिया था। उसने कहा- ''अरे भाभी आप अपने देवर से बातें नहीं करेंगी!'' बीच में ही रघु बोल पड़ा-'' शरमाती होगी, पहली बार ससुराल जो आयी है।'' दोनों ठहाका मारकर हँस पड़े।

अंदर कमरे में किसी बच्चे को हुलकियाँ लगाते देख रघु ने पूछा- ''अरे कन्हाई, कमरे से हुलकियाँ लगाने वाले ये बच्चे हैं या बिल्लियाँ हा! हा! हा!'' दोनों फिर हँस पड़े।

कन्हाई- ''बच्चे हैं भाई, कहाँ मिलेंगी बिल्लियाँ अब।''

रघु-''किसका बच्चा है?''

कन्हाई-''अपने हैं।''

रघु-''मतलब?''

कन्हाई-''मेरे।''

रघु-''यह तो मैं हरगिज नहीं मान सकता, तुम्हारे बच्चे इतने बड़े कब हो गये भला... बुलाओ जरा।''

कन्हाई- ''अनुराधा! अनुराधा! आ इधर।'' अनुराधा न आयी।

कन्हाई-''देहात के बच्चे हैं भाई, डरती होगी।'' कन्हाई उठकर अंदर गया और अनुराधा को गोद में उठा लाया। अनुराधा को देखकर जैसे रघु के होश चकरा गये। यह तो साक्षात पुष्पी है... नन्ही पुष्पी। रघु को न कुछ कहते बना न पूछते। उसका दिल धड़क उठा। जी में आया पूछकर निश्चिंत हो ले

कि यह पुष्पी की ही बेटी है, पर साहस न कर सका। किन्तु प्रत्यक्ष को प्रमाण की क्या आवश्यकता है। रघु ने अनुराधा को गोद में लेने की कोशिश की... पुचकारा, खिलौने और चाकलेट के लालच दिये पर वह न आयी। रीमा के बुलाने पर भी न आयी।

रघु-‘‘यह पुष्पी की ही बेटी है न?’’

कन्हाई- ‘‘तुझे कैसे मालूम?’’

रघु- ‘‘इसकी सूरत ने ही बता दिया।’’ पुष्पी का नाम सुनकर रीमा भी सकपका गयी। आगे रघु चाहकर भी पुष्पी के बारे में न पूछ सका कि पुष्पी कहाँ है, कैसी है।’’ उसकी बेटी यहाँ तुम्हारे पास क्यों आयी है। उसकी यह बेटी कहीं रघु की ही बेटी तो नहीं। अपनी जिज्ञासा को दबाये रघु ने बात का पलटा।

रघु- ‘‘अच्छा बता तुम्हारी वो कैसी हैं?’’ कन्हाई चुप रहा। रघु, कन्हाई को चुप देख फिर बोला ‘‘मालूम होता है उसी के चक्कर में अब तक कुँवारे हो, कहीं अँगूठा तो न दिखा गयी? अब चिंता मत करो, मैं आ गया हूँ अब यह हमारी जिम्मेदारी है कि हम तुझे तुम्हारी वो के साथ शादी करा दें।’’ कन्हाई अब भी चुप रहा।

रघु- ‘‘अरे कुछ बोलते क्यों नहीं, क्या बात है।’’

कन्हाई-‘‘मैंने शादी कर ली।’’

रघु-‘‘शादी कर ली, मुझे बिना न्यौता दिये?’’

कन्हाई- ‘‘क्या करता परिस्थितियाँ ही कुछ ऐसी थीं कि तुझे न न्योतने में ही भला था।’’

रघु-‘‘दुश्मन हूँ मैं तुम्हारा...।’’

कन्हाई-‘‘दिल से पूछो।’’ रघु ने नजरें नीचे कर लीं।

रघु-‘‘अच्छा बता तुम्हारी शादी तुम्हारी वो से ही हुई या फिर...।’’

कन्हाई-‘‘हाँ मेरी शादी मेरी वो से ही हुई।’’

रघु-''शुक्र है भगवान का, मैं डरता था कहीं तुम किसी अन्य का नाम न ले लो। यह तो बड़ी खुशी की बात है, चलो अच्छा हुआ... भाग्यशाली हो तुम कि जिसे चाहा उसे पाया... मैं बदनसीब जिसे चाहा, प्यार किया उसे न पा सका, शायद तुम मेरे इस कथन का अभिप्राय जानते होगे।'' इस कथन से रीमा का सिर नीचा हो गया। कन्हाई अभिप्राय तो समझता था पर बोला- ''मैं कैसे जानूँ इसका अभिप्राय।''

रघु-''तुम सब जानते हो कन्हाई, क्योंकि पुष्पी की बेटी तुम्हारे पास है। पुष्पी कैसी है? कहाँ है? क्या उसका विवाह अन्यत्र हो गया? क्या वह जिंदा भी है?'' अधीरतावश रघु एक ही साँस मे बोलता चला गया और फिर माथा पकड़कर रो पड़ा। रीमा भी भावुक हो चली थी। कन्हाई चुप था। रघु आँसू पोंछते हुए फिर बोला- ''मैंने पुष्पी के साथ अन्याय किया है, धोखा किया है उसके साथ मैंने; तुमसे इस बीच कई बार मिला पर भयवश उसकी खबर न ले सका। आज मुझे पश्चात्ताप है, पर किसी की जिन्दगी बरबाद कर इस पछतावे से क्या। तभी तो मुझे मिला हैसंतानहीनता का अभिशाप! उसने फिर आँखें मीच ली। रीमा चुप थी, कन्हाई भी चुप था। वह भोली बच्ची क्या समझती भला। बस टुकुर-टुकुर देखती रही।

रघु-''मैं जानता हूँ कन्हाई कि तुम मुझसे काफी नाराज हो; तुम्हारी मुझ पर नाराजगी वाजिब है, पर मुझ बदनसीब को माफ कर दो कन्हाई। तुम सोचते होगे मैं शहर में काफी सुख शांति से रह रहा हूँ, पर मैं ही जानता हूँ कि मैंने कैसे कुढ़-कुढ़कर दिन गुजारे हैं, आत्मग्लानि न मुझे चैन की साँस न लेने दिया है, ये अंदर की वेदना हमेशा सताती, धिक्कारती रही है। अब तक मैं इस दिल के दर्द से किसी से न कह सका, रीमा से भी नहीं क्योंकि मेरे दिल को समझने वाला शायद वहाँ कोई न था। अब, जब तुमसे मिला हूँ तो दिल का दर्द बाँट लेना चाहता हूँ। मैंने दर्द ही बाँटें हैं तुम्हारे साथ, कब सुख-शांति बाँटी है।'' रघु एकाएक चुप हो गया। सभी चुप थे सिर झुकाये। जैसे मौन व्रत में हों। कुछ देर बाद भावनाओं को काबू कर जबरदस्ती मुस्कुराने की कोशिश करता हुआ रघु बोला- ''अच्छा जो हुआ सो हुआ, अब तुम्हारी वो से मिलवाओ भी या नाराजगी ही जताते रहोगे।'' कन्हाई की आत्मा तड़प उठी... कहाँ से लाये अब वह अपनी वो को... कहाँ से पुकारे पुष्पी को... क्या वह

उसकी पुकार सुनकर आयेगी।

रघु-‘‘कन्हाई मुझे जो सजा दो मैं उफ तक न करूँगा, पर ये नाराजगी अब बर्दाश्त न होगी।’’

कन्हाई-‘‘मिलोगे ?’’

रघु-‘‘क्यों नहीं।’’

कन्हाई- ‘‘तो फिर चलो।’’ कन्हाई उन दोनों को अपने कमरे में ले गया। रघु की नजरें चंचल हो उठीं। न जाने किस जगह से उठकर बोल पड़ेगी ‘‘नमस्ते जी!’’

कमरे में प्रवेश करते ही रीमा और रघु की आँखें कन्हाई की पत्नी को देखने के लिए व्याकुल थीं। पर कमरे में कोई न था। बिस्तर पर गुदड़ी में लिपटा सिर्फ एक सो रहा बच्चा देख दोनों ने समझा, यह कन्हाई की ही संतान है। पर उनकी आँखे तो कन्हाई की वो को तलाश रही थीं। कमरे में जाकर कन्हाई एक तस्वीर की ओर इशारा कर रो पड़ा जिस पर माला लटक रही थी। रघु की नजर उस तस्वीर पर पड़ते ही वह कराह उठा। मुँह से एक करूण शुष्क आवाज निकल पड़ी- ‘‘पुष्पी...!’’

दूसरे ही दिन कन्हाई ने रघु और रीमा को वे सारी घटनाएँ बता दी जो अब तक घटा था। इस सारे घटनाक्रम को सुन रीमा कन्हाई के त्याग देखकर धन्य-धन्य कह उठी। उसका सारा झूठा अभियान चूर-चूर हो गया और वह वासना अब प्रेम में बदल गयी। उसका सारा ढोंग और दिखावा कन्हाई के त्याग के सामने इतना छोटी नजर आई कि जिसे कोई भी नजर अंदाज कर देगा। आत्मग्लानि से वह व्याकुल हो उठी। उसे आज मालूम हुआ कि एक दिन कन्हाई, पुष्पी के ऑपरेशन के लिए ही सहायता माँगने गया था किन्तु कन्हाई को खाली हाथ लौटकर पुष्पी की मौत की जिम्मेवार बनी।

रघु-‘‘कन्हाई! काश पंचायत में तुम न आते तो पुष्पी मेरा ही नाम लेती और मैं वकील न बनता, पर आज खेतों में कड़ी मेहनत कर चैन की रोटी तो खा सकता था।’’

कन्हाई-‘‘नहीं रघु, आगे की बात कौन जानता है और जो हुआ अच्छा

ही हुआ; मैंने भी नहीं सोचा था कि पुष्पी हम सभी को छोड़ जायेगी, मेरी तो सिर्फ यही कामना थी कि मेरी थोड़ी-सी बदनामी से यदि तुम वकील बन जाते हो तो मुझे खुशी ही होती। फिर क्या, छह महीने की सजा ही तो काटनी पड़ी। मैंने सोचा- यदि पुष्पी तुम्हारा नाम ले ल तो तुम्हारी वकालत की पढ़ाई छूट जायेगी और तुम वकील न बन सकोगे। मैंने बचपन के सपनों को, मेहनत को साकार करने के लिए ही यह कदम उठाया... फिर जब तुम वकील बन जाते, पंचायत को सच बताकर मैं पुष्पी से तुम्हारा विवाह करा देता।''

रघु- ''इतना बड़ा त्याग कन्हाई... मेरे लिए अपने प्रेम का बलिदान।''

कन्हाई- ''उस समय मेरा प्यार इकतरफा था, इसमें सिर्फ मेरा त्याग होता पुष्पी का नहीं। पुष्पी तो तुमसे प्यार करती ही थी। प्यार का नाम ही तो त्याग है। पुष्पी का बिना मर्जी मुझसे विवाह अन्याय भी होता और एक दोस्त से गद्दारी भी, मैं खुश हूँ कि ये दोस्ती निभा सका।''

रघु- ''जब तुमने दोस्ती निभायी यहाँ तक ठीक था, पर ऑपरेशन के समय मुझसे सहायता क्यों नहीं माँगी, क्या मैं इतना भी नहीं कर सकता था।'' कन्हाई चुप था। इसी बीच रीमा बोल पड़ी- ''माँगा था, पर मैं इस देवता को न पहचान सकी थी, अपने स्वार्थ में तब मैं अंधी थी। कन्हाई को मैंने झिड़की देकर भगा दिया था। हाँ, मैं ही जिम्मेवार हूँ पुष्पी की मौत की। तुम दोनों मिलकर मार क्यों नही डालते मुझे, मुझ पापन को क्यों नहीं दफन कर देते जिंदा जमीन में।'' वह आत्म ग्लानि वश अपने पर गुस्सा करती रो पड़ी।

रघु-''कन्हाई! रीमा तो स्वार्थ में जीती रही पर तुमने भी बताया नहीं कि सहायता माँगने गये थे।''

कन्हाई-''तुम्हारे बीच क्यों आग लगाता, मेरे कारण तुम दोनों में झगड़ा हो यह मुझे मंजूर नहीं और फिर तुम छह-सात दिनों के लिए बाहर गये थे, छह-सात दिन तक मैं बीमार पुष्पी को लेकर कहाँ रहता वहाँ। इतने पैसे न थे कि छह-सात दिन रुक सकूँ इसलिए घर चला आया। सारी जमीन बेच डाली ऑपरेशन के लिए, पर भगवान की मर्जी उसी रात पुष्पी...!'' वह आगे और कुछ न बोल सका। ''हे भगवान!!'' रीमा के मुँह से अनायास ही आह निकल पड़ी।

रघु-‘‘कन्हाई! मैं सोचता हूँ कि शुरू दिन ही तुम मुझे अपनी वो का नाम बतला देते तो शायद ऐसा कुछ न होता, न ही मैं पुष्पी के साथ गलती करता न तुझे इतना दुःख उठाना पड़ता।’’

कन्हाई-‘‘वकील है न तू इसलिए इतनी छोटी-सी बात पर सोचता है; मैं तो सिर्फ यही जानता हूँ जो होनी है वह होकर ही रहती है, किसी के टाले नहीं टलती।’’

रघु-‘‘पुष्पी ने कभी मेरी शिकायत न किया?’’

कन्हाई-‘‘मुझसे तो न किया, लेकिन देखता था तुम्हारे शहर जाने के बाद तुम्हारी नाम की ही माला जपती फिरती थी, चिट्ठी के बारे में पूछती थी। हमेशा पूछा करती कि तुम कब आने वाले हो। तुम्हारा हाल मुझसे लिया करती थी। अनपढ़ थी, चिट्ठी तो खुद पढ़ सकती नहीं थी... हाँ जब मैं बाहर था तब तुम्हारी शादी का निमंत्रण पाकर जरूर वह बेजान हो गयी थी। इसी बीच अनुराधा का जन्म हुआ इसलिए वह कुछ न कह सकी, न कर सकी, चुपचाप भाग्य के साथ समझौता कर लिया... यह बात उसी ने बताया था। बाद में जब उसे पता चला कि मैं बचपन से उसे चाहता हूँ और उसे पाने के लिए मैंने दिन-रात एक कर दिये तब उसने मुझसे शादी के लिए हाँ कर दी। फिर तो हम इतने खुश, इतने सुखी थे कि शायद ही कोई उस तक सोच सकता है। मेरा सपना साकार हो चला था, उसका संसार बस गया था। अनुराधा को पिता का नाम मिल गया था। हमारे इसी प्रेम का परिणाम यह नन्हा बालक है।’’ सभी भाव विह्वल हो उठे।

रघु-‘‘नाम नहीं रखा अब तक?’’

कन्हाई-‘‘इतना समय ही कहाँ मिला।’’

रघु- ‘‘तुमने बहुत कष्ट सहे हैं कन्हाई, तुम्हारा कष्ट मुझसे अब और बर्दाश्त न होगा, तुम कल ही इन दोनों बच्चों को लेकर हमारे साथ शहर चलो, बाकी के दिन वहीं आराम से गुजारेंगे।’’

कन्हाई-‘‘नहीं रघु, इस गाँव की मिट्टी को मैं नहीं छोड़ सकता, यह गाँव ही मेरा कर्मक्षेत्र है, इस गाँव में व्याप्त गरीबी, अशिक्षा जैसे अभिशाप को दूर

कर एक नयी क्रांति लाऊँगा, एक नया प्रकाश फैलाऊँगा अब यह मेरा सपना है; मैं यहीं इसी गाँव में इन बच्चों के साथ खुश हूँ।''

रघु-''मैं तुम्हारे जज्बात का कद्र करता हूँ, पर यह हकीकत है कि इन बच्चों की समुचित परवरिश इस तंगी में न हो सकेगी... अब तो तुम्हारी जमीन भी न रही कि आजीविका के लिए निश्चिंत रहो।''

कन्हाई-''क्या करूँ रघु, ये बच्चे भी अभी से ही तंगी से गुजरने की कला सीख चुके हैं, ये भी दिन गुजार लेंगे मेरी तरह।''

रघु-''कन्हाई! तुम्हारी जमीन अभी गयी नहीं, मैं तो चुटकी बजाकर सारी जमीन वापस करा दूँगा; भगवान की कृपा से अभी इतना धन है कि पचास गुना जमीन खरीद लूँ, पर इन बच्चों की मासूम जिन्दगी के बारे में जरा सोचो, क्या अभी से ही इन्हें पढ़ने-लिखने, खेलने-कूदने के बजाय खेतों में काम करने को लगा दोगे।

कन्हाई-''गरीब हूँ मैं, मजदूरी कर इनके पेट तो जरूर भर लूँगा। जरा सोचो रघु, इस गाँव में ही नहीं बल्कि भारत के बहुत सारे गाँवों में अर्थाभाव के कारण गरीब बच्चे नहीं पढ़ पाते न ही विकास कर पाते हैं। पूरे देश के गाँव को तो नहीं किन्तु जिस गाँव में जन्म लिया, जिस गाँव की मिट्टी में पला-बढ़ा, कम से कम उस गाँव के हर एक को पढ़ाऊँगा, स्कूल जाने को प्रेरित करूँगा, उन्नति के साधन सिखाऊँगा। यदि यह सब मैं न कर सका तो मेरा इतना पढ़ना व्यर्थ जायेगा। दो अक्षर सीखा हूँ उसी को इन अनपढ़ों के बीच बाँटूँगा... इस माटी का कर्ज चुकाए बिना नहीं मरना चाहता।''

रघु-''कन्हाई, मैं जानता हूँ तुम इस गाँव के उद्धरक हो, प्रेरक हो, इस गाँव की मिट्टी के लिए तुम्हारे हृदय में तड़प है। मैं इतना पढ़कर भी कुछ ज्ञान न हासिल कर सका, जो भी हासिल किया वह सिर्फ अपने स्वार्थ के लिए। मेरे पास इतनी बड़ी सम्पत्ति है यह भी निरर्थक है। कन्हाई! आज भी मैं यहाँ आया हूँ तो सिर्फ अपने स्वार्थ के लिए, मुझे विश्वास है तुम्हारे महान त्याग के सामने हमारा स्वार्थ आज फिर पूरा होगा। कन्हाई! तुम्हें मालूम है कि हम संतानहीन हैं; मैं यहाँ तुम्हारे बच्चे को गोद लेने आया था। मैं जानता हूँ मैंने यह अधिकार खो दिया है, फिर भी तुमसे प्रार्थना है कि हमारी इच्छा पूरी करने की कृपा

करो।''

कन्हाई मुस्कुराता बोला- ''इसमें प्रार्थना की क्या बात है, अनुराधा तो तुम्हारी ही बेटी है, फिर मैं किस हक से उसे तुम्हे देने से इंकार कर सकता हूँ।''

रघु-''कन्हाई, अनुराधा पर तुम्हारा हक है; तुमने पुष्पी को पनाह दिया, उसे अपनाकर मेरे लिए बदनामी उठायी।''

कन्हाई-''नहीं रघु यह तो मेरा अपना स्वार्थ था, मैं पुष्पी से प्रेम करता था।''

रघु-''कन्हाई, मैं इन दोनों बच्चों को ही गोद लेना चाहता हूँ, इन दोनों को माँ मिल जायेगी, इनका मासूम बचपन बरबाद होने से बच जायेगा और हमें संतान मिल जायेगी... अनुराधा का क्या वह तो एक न एक दिन दूसरे के घर चली जाएगी फिर हमारी इतनी बड़ी सम्पत्ति किस काम की। मैं चाहता हूँ हमारा उत्तराधिकारी तुम्हारा बेटा ही बने। हाँ यह वादा रहा तुमसे, मैं इसे खूब पढ़ा-लिखाकर गाँव में ही जमीन खरीदकर कृषि विज्ञान का ज्ञाता बनाकर इसी गाँव की सेवा के लिए तैयार करने की कोशिश करूँगा। जब यह पढ़ाई पूरी कर लेगा तो ताम-झाम की दुनिया छोड़ मैं खुद इसी गाँव की सेवा करने तुम्हारे साथ आ जाऊँगा जहाँ आत्मा तृप्त हो जाती है और तब फिर इस गाँव का कोई भी बच्चा अनपढ़ न रहेगा, मैं किसी को तंगहाली के कारण पढ़ाई से वंचित न होने दूँगा और तब कहीं जाकर हमारी पढ़ाई और कष्ट की सार्थकता सिद्ध होगी।'' कन्हाई को लगा जैसे यह उसी का काम हो रहा है। सोचा यदि इन बच्चों की परवरिश का भार रघु ले लेगा तब तो यह अकेला पेट कहीं भी भर जायेगा और तब वह पूरी ताकत से, तन्मयता से गाँव की शिक्षा, स्वास्थ्य और कृषि में उन्नति के पथ पर अग्रसित हो सकेगा। कन्हाई को कोई आपत्ति न थी, फिर भी वह कुछ जवाब न दिया।

शाम हो चुकी थी। कन्हाई और रघु खेतों की वापसी के लिए साहूकारों से बातें करने गये थे। रीमा खाना पकाने की तैयारी में थी, पर शहर की तरह सुविधायुक्त सभी चीजें मौजूद न होने के कारण रसोई में हाथ-पाँव चलते ही न थे और न ही चूल्हे की लकड़ियाँ ही जलती थीं। अंत में रीमा अनुराधा के साथ

तोतली बोली का आनन्द लेने लगी।

रीमा-''अनुराधा बेटी! तुम्हें तुम्हारा पापा डाँटते तो नहीं?''

अनुराधा-''तौन पापा?''

रीमा-''मतलब कन्हाई जी, मतलब कनुवा, कनु।''

अनुराधा-''बाबूदी नहीं दातते।''

रीमा-''तुम्हारी माँ तुमसे बहुत प्यार करती थी न?''

अनुराधा-''हाँ, मगल जब बाबू भगवान छे आया तो उछी को दुलाल कलती थी, फिल तो वह एक औल बाबू लाने भगवान घल गयी है अब तक नहीं लौटी। कब लौटगी माँ?'' इस सवाल से रीमा मर्माहत हो उठी। आज इस सीधे और मासूम सवाल का जवाब देने में रीमा की सारी डिग्री, सारी रटी-रटायी विद्या व्यर्थ हो गयी थी। तभी वह नन्हा सोते से जागकर रो पड़ा। रोने की आवाज सुन रीमा दौड़ी और बच्चे को छाती से लगा लिया। बच्चा छाती से चिपककर चुप हो गया। बच्चे के कोमल स्पर्श से रीमा का मातृत्व जाग उठा। वह देर तक बच्चों के साथ खेलती रही। दोनों मित्र शायद जमीन वापसी के विषय में बातें करते प्रसन्नचित घर में आये।

रघु-''अरे रीमा! कुछ खाने-पीने का इंतजाम किया की नहीं, जोरों की भूख लगी है।''

कन्हाई-''शहर का गैस चूल्हा नहीं जो लाइटर मारकर बरतन चढ़ा दिया।'' वह गमछी टाँगकर रसोई में प्रवेश करता हुआ बोला और चूल्हे में लकड़ी डालते हुए फिर बोला- ''अभी खाना तैयार करता हूँ।''

रघु-''आज हम सभी साथ मिलकर खाना तैयार करेंगे।'' सभी कुछ न कुछ हाथ बँटाने लगे।

रघु-''आज बचपन याद हो आया, कितना मजा आ रहा है साथ मिलकर खाना बनाने में।''

कन्हाई-''भाभी जी की आँखें मारे धुआँ के लाल हो गयीं, आँसू गिर रहे हैं और तुझे मजा आ रहा है!''

रघु-''धुआँ तो हमें भी लग रहा फिर क्यों नहीं आँसू आते, आँखें लाल होतीं। देखा शहर वालों की सहनशक्ति, जरा-सी सुई चुभा कि अस्पताल पहुँच गये और यहाँ गाँव में कुदाल से चमड़ी उदाड़ गयी तो धरती की धूल उठाकर रगड़ लिया बस हो गया उपचार; मिट्टी-धूल में शहर वालों को इन्फेक्शन, रियेक्शन होने लगता है।'' रीमा चुप खड़ी बच्चों को पुचकारती रही।

कन्हाई-''अब बस करो, ज्यादा बोर करना अच्छा नहीं।''

रघु-''अच्छा कन्हाई! बच्चे का क्या नाम सोच रखा है तूने?'' रीमा झट बोली- प्रेम... कन्हाई जी और पुष्पी का प्रेम है न?'' कन्हाई कुछ न बोला। वह सोचने लगा- यदि आज पुष्पी होती तो पता नहीं वह कौन-सा नाम चुनती।''

रघु- ''कन्हाई, तुमने कुछ कहा नहीं।''

कन्हाई-''अच्छा ही तो नाम है प्रेम।''

रघु-''तो क्या मैं इस नाम को सर्वसम्मति से पास कर दूँ?''

कन्हाई-''बिलकुल, बहुत सुन्दर नाम है प्रेम।''

कन्हाई रात भर सोचता रहा। रघु यदि इन बच्चों को गोद लेना चाहता है तो इसमें आपत्ति कैसी। एक तो खुद अनुराधा उसकी बेटी है और यहाँ मेरा क्या, न खाने का ठिकाना, न पहनने का... इन बच्चों को यहाँ रखकर क्यों इनकी मासूमियत का गला घोटूँ, इनके भविष्य को अन्धकारमय बनाने का क्या औचित्य है। अच्छा है शहर जाकर दोनो पढ़ें, भगवान सलामत रखे इन बच्चों को।

दूसरे दिन सुबह उठते ही कन्हाई ने रघु से कहा- ''रघु! तुम इन बच्चों को ले जा सकते हो पर अपना वादा याद रखना।'' रघु को तो जैसे विश्वास ही न हुआ हो। उसकी मनोकामना पूर्ण हुई।

रघु-''हाँ कन्हाई, अब मैं आज से एक नयी जिन्दगी जिऊँगा जिसमें मेरा जमीर किसी और का गुलाम नहीं, मेरे साथ होगा।

कन्हाई अपने उन खेतों की ओर चला गया जो अभी किसी और के कब्जे में थे। इन्हीं खेतों में कन्हाई का पुष्पी से परिचय हुआ था और तब वह ख्वाबों में जीता था। अब वे ख्वाब बिक चुके थे। अब न वह ख्वाब देख सकता था न वह जिन्दगी ही वापस आ सकती थी जो किसी के इंतजार में बीतती थी। खेतों के बाहर उन बगीचों को पार करते-करते कन्हाई की आँखों के आँसू अंततः छलक ही पड़े। इसी बगीचे में कन्हाई, पुष्पी से बातें करता फिरता था। आज वे बगीचे उसी रूप में विराजमान हैं पर अब वह रस नहीं है... आज उन भौंरो और मधुमक्खियों का गुंजन किसी मधुर संगीत की तान नहीं बल्कि किसी पिशाच का प्रलोभन मालूम होता था। कन्हाई के घर पहुँचते ही रघु ने कहा- ''कहाँ रफूचक्कर हो गये थे, हमने जाने की तैयारी कर ली है।''

कन्हाई-''आज ही?''

रघु-''कहो तो महीनों रुकूँ।''

कन्हाई-''नहीं नहीं काम छोड़कर मौज-मस्ती अच्छी नहीं।''

रघु-''मौज-मस्ती नहीं कन्हाई यहाँ तो शान्ति मिलती है, वही शान्ति जिस शान्ति के लिए योगी वन-वन भटकता है, वैरागी वैराग्य में फिरता है। मुझे अपनी कोई चिंता नहीं, मुझे चिन्ता है, गाँव के उन गरीबों के मुकदमों का जो अब तक अपना पसीना बहा-बहाकर मेरी फीस पूरा करते आये हैं।''

कन्हाई मुस्कुराकर बोला- ''अभी से ही इतना साधू न बन जाओ कि आजीविका दर पे आ जाय।''

रघु-''मुझे आजीविका की कोई चिंता नहीं है, मेरी अपनी सम्पत्ति, ऊपर से रीमा अकेली संतान के नाते ससुरजी की सम्पत्ति इतनी है कि मेरी चार पीढ़ी बैठकर खायेंगी।''

कन्हाई-''अच्छा तुम यहीं ठहरो मैं अभी बैलगाड़ी जोत लाता हूँ।''

रघु-''अरे इसकी क्या जरूरत, स्टेशन इतनी दूर तो नहीं।''

कन्हाई-''बच्चे हैं, भाभी हैं, इतना सारा सामान है, मैं अभी आया तब तक सामान निकालो।''

कन्हाई थोड़ी ही देर में बगल से बैलगाड़ी जुतवा लाया। अनुराधा, रीमा के साथ घर से निकलते ही चहक पड़ी- ''बाबूदी! हम नया फलाँक पहनकर छहल जा लहे हैं वहाँ ढेल साली गाली देखेंगे।'' वह दौड़कर बैलगाड़ी के पास जाकर झटपट चढ़ने की कोशिश करने लगी। कोचवान उसे चढ़ाकर सामान चढ़ाने लगा। रीमा, प्रेम को गोद में लेकर बैलगाड़ी पर जा बैठी। दोनों दोस्त गले मिले। इसी बीच अनुराधा बोली-''बाबूदी! बैलगाड़ी चलेगी जल्दी आओ यहाँ बैठ जाओ।'' अनुराधा को विश्वास था कि उसके बाबूजी भी साथ शहर चलेंगे। अनुराधा की तोतली बोली सुन कन्हाई की आँखों से आँसू छलक पड़े। वह उसी पीड़ा से दुखित हो उठा, जैसे कोई पिता अपने बेटी को विवाहोपरान्त घर से विदा करता है। अभी बैलगाड़ी बढ़ने को थी कि अनुराधा, पिता को गाड़ी में न आया देख बोली- ''बाबूदी! तुम नहीं जाओगे छहल? कन्हाई रुँदो कण्ठ के कारण कुछ न बोल सका। वह आँखों में अश्रुधारा लिये मन ही मन बोला- 'मेरी यही नियति है।' गाड़ी बढ़ चली।

अनुराधा एकाएक उठकर गाड़ी से कूद पड़ी और दौड़कर कन्हाई से लिपटकर रोने लगी- ''मैं भी छहल नहीं जाऊँगी, मैं तुम्हारे पाछ ही लहूँगी।'' कन्हाई ने दोनों हाथों से उसे छाती से लगा लिया। ऐसा लगा जैसे- सीने से निकला कलेजा वापस आ गया हो... पर अगले ही पल यह सोच वह काँप गया कि अभी यह कलेजा फिर निकल पड़ेगा। गाड़ी रोक दी गयी। रघु उतरकर आया। अनुराधा को खूब समझाया, प्रलोभन दिया, पर अनुराधा किसी भी तरह जाने को तैयार न हुई। कन्हाई ने अनुराधा को गोद में उठाया और फिर उसे गाड़ी में बिठा दिया। अनुराधा चिल्लाकर रो पड़ी। प्रेम, रीमा के गोद में निश्चिंत सोता रहा।

रघु- ''तुम भी स्टेशन तक क्यों नहीं चलते!''

कन्हाई-''वहाँ जुदाई न सह सकूँगा।'' अनुराधा को रघु दबाकर पकड़े रहा जैसे कसाई बकरा खरीदकर उसे बेदर्दी से बाँध ले जाता है। अनुराधा की दृष्टि कन्हाई को कोसती रही जैसे क्या तुम भी कसाई हो जो मुझे यहाँ से छुड़ाकर ले जाने के बजाय यहाँ बिठा गये।'' अनुराधा सिसक-सिसक कर अपनी करुण कातर-बेबस दृष्टि से कन्हाई को तब तक देखती रही जब तक कन्हाई आँखों से ओझल न हो गया। कन्हाई की आँखों में मोटे-मोटे आँसू के

कारण अनुराधा धुँधली होती आँखों से ओझल हो गयी। अनुराधा की निरीह, बेबस सिसकियाँ कन्हाई के कानों में मद्धिम होती शांत पड़ गयी। कन्हाई दोनों हाथों से अपना चेहरा ढँककर फफककर रो पड़ा। फिर अचानक जी कड़ा कर आँसू पोंछा और चल पड़ा अपने उन खेतों की ओर जिन्हें देखते ही पुष्पी की यादें ताजा हो उठती हैं तब लगता ही नहीं कि इस बीच इतना वक्त गुजर गया। अभी भी लगता है कि अभी यहीं कहीं चुनरी लहराती पुष्पी भैंस चराती, उसे मीठी-मीठी गालियाँ देती, भैंसों की सवारी करती किसी पनघट किनारे या खेत-खलिहान में दिख पड़ेगी।